催人泪下的故事
感动一生的真情

感悟母爱

催人泪下的49个亲情故事

老舍 等著

民主与建设出版社
·北京·

图书在版编目（CIP）数据

感悟母爱 / 老舍等著 . -- 北京：民主与建设出版

社，2023.10

ISBN 978-7-5139-4424-3

Ⅰ. ①感… Ⅱ. ①老… Ⅲ. ①散文集 – 中国 – 当代

Ⅳ. ①I267

中国国家版本馆 CIP 数据核字（2023）第 215448 号

感悟母爱
GANWU MUAI

著　者	老　舍等	
责任编辑	周佩芳	
封面设计	天下书装装帧设计	
出版发行	民主与建设出版社有限责任公司	
电　话	（010）59417747　59419778	
社　址	北京市海淀区西三环中路 10 号望海楼 E 座 7 层	
邮　编	100142	
印　刷	三河市宏图印务有限公司	
版　次	2023 年 10 月第 1 版	
印　次	2024 年 1 月第 1 次印刷	
开　本	710 毫米 ×1000 毫米　　1/16	
印　张	13	
字　数	166 千字	
书　号	ISBN 978-7-5139-4424-3	
定　价	49.80 元	

注：如有印、装质量问题，请与出版社联系。

[代序] 母爱的力量 / 尘云

　　"世界上只有一位最好的女性，她便是慈爱的母亲。世界上只有一种最动听的声音，那便是母亲的呼唤。"

　　诗人但丁这句话是对伟大母爱至高至上的赞扬。一生中，母亲永远是最亲的那个人，母爱永远是最无私的那份爱。

　　奉献与牺牲，是母爱的丰富内涵中最为动情和闪光的部分，正是这种爱的力量，繁衍传承了生生不息的人类社会、万物生灵，谱写出了传诵不衰的爱的诗篇、情的乐章。

　　曾经，我在电台上听过一个关于母爱无私的小故事：

　　某天，即将临产的孕妇遭遇了车祸，直接导致大脑死亡。不过她的心脏一直都在跳动，身体其他部位也没有大的损伤，特别是她肚子里的孩子并无大碍。

　　应其家属的要求，医生用打点滴的方法维持着孕妇的生命，并通过剖腹产帮她生下了一个健康的孩子。

　　小孩出生后不久，护士抱着他试探性地去吮吸妈妈的奶水。突然，原本僵死了好几天，毫无知觉的妈妈的脸上，居然出现了微微的笑意。

　　这一幕，让在场的医护人员先是目瞪口呆，随后便是泪流满面。

后来，医护人员观察了好几次，每次的情形几乎一模一样：孩子吃奶时，妈妈的脸上都会有笑意；孩子吃完奶后，妈妈又即刻恢复了木然。

医护人员以为妈妈的大脑并没有完全死亡，于是对她进行反复检测，结果始终如一："大脑已经完全死亡。"

就这样，孩子吮吸妈妈的乳汁在一点点长大，妈妈的生命则一点点在耗尽——70公斤的体重渐渐地变成了60、50、40……直至生命的尽头。

而今，距离听到这个故事的时间已有很多年，但它当初所带给我心灵的震颤，记忆犹新。原来，灾难就算能夺走一个女人清醒的神志，但永远夺不走一颗母亲护佑儿女的心！

这，无疑是母爱的神奇力量：因为有爱，母亲忘了自己；因为有爱，母亲谱写着这世间的伟大传奇。

漫漫人生旅程中，母亲对儿女的护佑也应该是最为周全的。母亲不仅喂养我们长大，也教导我们做人做事，从而达到心智的成熟，并引导我们一步步地走向人生的成功。母亲所赋予我们的生命的广度和高度，无人能及。

作家冰心也曾说："世界上若没有女人，这世界至少要失去十分之五的真，十分之六的善，十分之七的美。"正因为有了女人、有了母亲、有了母爱，这个世界才能如此的亮丽灿烂、多姿多彩。

为了表达对母亲的尊敬、爱戴之情，歌颂世间最伟大的母爱，我们特意精选了数十个感人肺腑的母爱故事，编成了这本《感悟母爱》。

诚然，故事总是人写出来的，但故事终归来源于生活。有时，别人的故事又何尝不是自己的故事呢？通过阅读这些别人的故事，我们也能同样看清身在其外的自己。在此，暂且让我替天下儿女感谢那些将伟大母爱记录下来的作者，也同样感谢正在阅读本书的您。

如果，您在其中收获到了那份久违的感动，也希望您能将它传达给身边更多的朋友，可以吗？

目　录

第1辑

/

有一种爱让我们心痛

总有一个人将我们支撑，
总有一种爱让我们心痛。
这个人就是母亲，
这种爱就是母爱。
能心痛，会心痛是好的，是仍有希望的。
因为你还有爱，因为你还在乎，
所以有痛，所以会痛。
痛过之后，
我们学会了珍惜，学会了豁达，学会了理解——
生命，原来是由一次次的痛堆砌起来的！

我的母亲 / 老舍

人若有母亲在，便可以多少还有点孩子气

> 人，即使活到八九十岁，有母亲便可以多少还有点孩子气。失了慈母便像花插在瓶子里，虽然还有色有香，却失去了根。

母亲的娘家是北平德胜门外，土城儿外边，通大钟寺的大路上的一个小村里。村里一共有四五家人家，都姓马。大家都种点不十分肥美的地，但是与我同辈的兄弟们，也有当兵的，作木匠的，作泥水匠的，和当巡察的。他们虽然是农家，却养不起牛马，人手不够的时候，妇女便也须下地作活。

对于姥姥家，我只知道上述的一点。外公外婆是什么样子，我就不知道了，因为他们早已去世。至于更远的族系与家史，就更不晓得了；穷人只能顾眼前的衣食，没有工夫谈论什么过去的光荣；"家谱"这字眼，我在幼年就根本没有听说过。

母亲生在农家，所以勤俭诚实，身体也好。这一点事实却极重要，因为假若我没有这样的一位母亲，我以为我恐怕也就要大大的打个折扣了。

母亲出嫁大概是很早，因为我的大姐现在已是六十多岁的老太婆，而我的大外甥女还长我一岁啊。我有三个哥哥，四个姐姐，但能长大成人的，只有大姐，二姐，三姐，三哥与我。我是"老"儿子。生我的时候，母亲已有四十一岁，大姐二姐已都出了阁。

由大姐与二姐所嫁入的家庭来推断，在我生下之前，我的家里，大概还马马虎虎的过得去。那时候定婚讲究门当户对，而大姐丈是作小官的，二姐丈也开过一间酒馆，他们都是相当体面的人。

可是，我，我给家庭带来了不幸：我生下来，母亲晕过去半夜，才睁眼看见她的老儿子——感谢大姐，把我揣在怀中，致未冻死。

一岁半，我把父亲"克"死了。

兄不到十岁，三姐十二三岁，我才一岁半，全仗母亲独力抚养了。父亲的寡姐跟我们一块儿住，她吸鸦片，她喜摸纸牌，她的脾气极坏。为我们的衣食，母亲要给人家洗衣服，缝补或裁缝衣裳。在我的记忆中，她的手终年是鲜红微肿的。白天，她洗衣服，洗一两大绿瓦盆。她作事永远丝毫也不敷衍，就是屠户们送来的黑如铁的布袜，她也给洗得雪白。晚间，她与三姐抱着一盏油灯，还要缝补衣服，一直到半夜。她终年没有休息，可是在忙碌中她还把院子屋中收拾得清清爽爽。桌椅都是旧的，柜门的铜活久已残缺不全，可是她的手老使破桌面上没有尘土，残破的铜活发着光。院中，父亲遗留下的几盆石榴与夹竹桃，永远会得到应有的浇灌与爱护，年年夏天开许多花。

哥哥似乎没有同我玩耍过。有时候，他去读书；有时候，他去学徒；有时候，他也去卖花生或樱桃之类的小东西。母亲含着泪把他送走，不到两天，又含着泪接他回来。我不明白这都是什么事，而只觉得与他很生疏。与母亲相依为命的是我与三姐。因此，她们作事，我老在后面跟着。她们浇花，我也张罗着取水；她们扫地，我就撮土……从这里，我学得了爱花，爱清洁，守秩序。这些习惯至今还被我保存着。

有客人来，无论手中怎么窘，母亲也要设法弄一点东西去款待。舅父与表哥们往往是自己掏钱买酒肉食，这使她脸上羞得飞红，可是殷勤的给他们温酒作面，又给她一些喜悦。遇上亲友家中有喜丧事，母亲必把大褂洗得干干净净，亲自去贺吊——份礼也许只是两吊小钱。到如今如我的好客的习性，还未全改，尽管生活是这么清苦，因为自幼儿看惯了的事情是不易改掉的。

姑母常闹脾气。她单在鸡蛋里找骨头。她是我家中的阎王。直到我入了中学，她才死去，我可是没有看见母亲反抗过。"没受过婆婆的气，还不受大姑子的吗？命当如此！"母亲在非解释一下不足以平服别人的时候，才这样说。是的，命当如此。母亲活到老，穷到老，辛苦到老，全是命当如此。她最会吃亏。给亲友邻居帮忙，她总跑在前面：她会给婴儿洗三——穷朋友们可以因此少花一笔"请姥姥"钱——她会刮痧，她会给孩子们剃头，她会给少妇们绞脸……凡是她能作的，都有求必应。但是吵嘴打架，永远没有她。她宁吃亏，不逗气。当姑母死去的时候，母亲似乎把一世的委屈都哭了出来，一直哭到坟地。不知道哪里来的一位侄子，声称有承继权，母亲便一声不响，教他搬走那些破桌子烂板凳，而且把姑母养的一只肥母鸡也送给他。

可是，母亲并不软弱。父亲死在庚子闹"拳"的那一年。联军入城，挨家搜索财物鸡鸭，我们被搜两次。母亲拉着哥哥与三姐坐在墙根，等着"鬼子"进门，街门是开着的。"鬼子"进门，一刺刀先把老黄狗刺死，而后入室搜索。他们走后，母亲把破衣箱搬起，才发现了我。假若箱子不空，我早就被压死了。皇上跑了，丈夫死了，鬼子来了，满城是血光火焰，可是母亲不怕，她要在刺刀下，饥荒中，保护着儿女。北平有多少变乱啊，有时候兵变了，街市整条的烧起，火团落在我们院中。有时候内战了，城门紧闭，铺店关门，昼夜响着枪炮。这惊恐，这紧张，再加上一家饮食的筹划，儿女安全的顾虑,岂是一个软弱的老寡妇所能受得起的? 可是,在这种时候,母亲的心横起来,她不慌不哭,要从无办法中想出办法来。她的泪会往心中落! 这点软而硬的个性,也传给了我。我对一切人与事,都取和平的态度,把吃亏看作当然的。但是,在做人上,我有一定的宗旨与基本的法则,什么事都可将就,而不能超过自己划好的界限。我怕见生人,怕办杂事,怕出头露面;但是到了非我去不可的时候,我便不得不去,正像我的母亲。从私塾到小学,到中学,我经历过起码有廿位教师吧,其中有给我很大影响的,也有毫无影响的,但是我的真正的教师,把性格传给我的,是我的母亲。母亲并不识字,她给我的是生命的教育。

当我在小学毕了业的时候,亲友一致的愿意我去学手艺,好帮助母亲。我晓得我应当去找饭吃,以减轻母亲的勤劳困苦。可是,我也愿意升学。我偷偷的考入了师范学校——制服,饭食,书籍,宿处,都由学校供给。只有这样,我才敢对母亲提升学的话。入学,要交十元的保证金。这是一笔巨款! 母亲作了半个月的难,把这巨款筹到,而后含泪把我送出门去。她不辞劳苦,只要儿子有出息。当我由师范毕业,而被派为小学校校长,母亲与我都一夜不曾合眼。我只说了句:"以后,您可以歇一歇了!"她的回答只有一串串的眼泪。我入学之后,三姐结了婚。母亲对儿女是都一样疼爱的,但是假若她也有点偏爱的话,她应当偏爱三姐,因为自父亲死后,家中一切的事情都是母亲和三姐共同撑持的。三姐是母亲的右手。但是母亲知道这右手必须割去,她不能为自己的便利而耽误了女儿的青春。当花轿来到我们的破门外的时候,母亲的手就和冰一样的凉,脸上没有血色——那是阴历四月,天气很暖。大家都怕她晕过去。可是,她挣扎着,咬着嘴唇,手扶着门框,看花轿徐徐的走去。不久,姑母死了。三姐已出嫁,哥哥不在家,我又住学校,家中只剩母亲自己。她还须自晓至晚的操作,可是终日没人和她说一句话。新年到了,正赶上政府倡用阳历,不许过旧年。除夕,我请了两小时的假。由拥挤不堪的街市回到清炉冷灶的家中。母亲笑了。及至听说我还须回校，她愣住了。半天，她才叹出一口气来。到我该走的时候，她递给我一些花生，"去吧，小子！"街上是那么热闹，我却什么也没看见，泪遮迷了我的眼。今天，泪又遮住了我的眼，又想起当日孤独的过那凄惨的除夕的慈母。可是慈母不会再候盼着我了，她已入了土！

儿女的生命是不依顺着父母所设下的轨道一直前进的，所以老人总免不了伤心。我廿三岁，母亲要我结了婚，我不要。我请来三姐给我说情，老母含泪点了头。我爱母亲，但是我给了她最大的打击。时代使我成为逆子。廿七岁，我上了英国。为了自己，我给六十多岁的老母以第二次打击。在她七十大寿的那一天，我还远在异域。那天，据姐姐们后来告诉我，老太太只喝了两口酒，很早的便睡下。她想念她的幼子，而不便说出来。

七七抗战后，我由济南逃出来。北平又像庚子那年似的被鬼子占据了，可是母亲日夜惦念的幼子却跑西南来。母亲怎样想念我，我可以想象得到，可是我不能回去。每逢接到家信，我总不敢马上拆看，我怕，怕，怕，怕有那不祥的消息。人，即使活到八九十岁，有母亲便可以多少还有点孩子气。失了慈母便像花插在瓶子里，虽然还有色有香，却失去了根。有母亲的人，心里是安定的。我怕，怕，怕家信中带来不好的消息，告诉我已是失了根的花草。

去年一年，我在家信中找不到关于老母的起居情况。我疑虑，害怕。我想象得到，如有不幸，家中念我流亡孤苦，或不忍相告。母亲的生日是在九月，我在八月半写去祝寿的信，算计着会在寿日之前到达。信中嘱咐千万把寿日的详情写来，使我不再疑虑。十二月二十六日，由文化劳军的大会上回来，我接到家信。我不敢拆读。就寝前，我拆开信，母亲已去世一年了！

生命是母亲给我的。我之能长大成人，是母亲的血汗灌养的。我之所以能成为一个不十分坏的人，是母亲感化的。我的性格，习惯，是母亲传给的。她一世未曾享过一天福，临死还吃的是粗粮。唉！还说什么呢？心痛！心痛！

疯娘 / 王恒绩

天下没有不爱孩子的母亲，哪怕是一个"疯"娘

> 即使神志不清，母爱也是清醒的。凡是
> 为儿子做的事，娘一点儿也不疯。

23 年前，有个年轻的女子流落到我们村，蓬头垢面，见人就傻笑，且毫不避讳地当众小便。因此，村里的媳妇们常对着那女子吐口水，有的媳妇还上前踹几脚，叫她"滚远些"。可她就是不走，依然傻笑着在村里转悠。

那时，父亲已有 35 岁。他曾在石料场子干活被机器绞断了左手，又因家穷，一直没娶媳妇。奶奶见那女子还有几份姿色，就动了心思，决定收下她给我父亲做媳妇，等她给我家"续上香火"后，再把她撵走。父亲虽老大不情愿，但看着家里这番光景，咬咬牙还是答应了。结果，父亲一分未花，就当了新郎。

娘生下我的时候，奶奶抱着我，瘪着没剩几颗牙的嘴欣喜地说："这疯婆娘，还给我生了个带把的孙子。"于是，我一生下来，奶奶就把我抱走了，而且从不让娘靠近。

娘一直想抱抱我，多次在奶奶面前吃力地喊："给，给我……"奶奶没理她。我那么小，像个肉嘟嘟，万一娘失手把我掉在地上怎么办？毕竟，娘是个疯子。每当娘有抱我的请求时，奶奶总瞪起眼睛训她："你别想抱孩子，我不会给你的。要是我发现你偷抱了他，我就打死你。即使不打死，我也要把你撵走。"奶奶说这话时，没有半点儿含糊的意思。娘听懂了，满脸的惶恐，每次只是远远地看着我。尽管娘的奶胀得厉害，可我没能吃到娘的半口奶水，是奶奶一匙一匙把我喂大的。奶奶说娘的奶水里有"神经病"，要是传染给我就麻烦了。

　　那时，我家依然在贫困的泥潭里挣扎。特别是添了娘和我后，家里常常揭不开锅。奶奶决定把娘撵走，因为娘不但在家吃"闲饭"，时不时还惹是生非。一天，奶奶煮了一大锅饭，亲手给娘添了一大碗，说："媳妇儿，这个家太穷了，婆婆对不起你。你吃完这碗饭，就去找个富点儿的人家过日子，以后也不准来了，啊？"娘刚扒了一大团饭在嘴里，听了奶奶下的"逐客令"显得非常吃惊，一团饭就在嘴里凝滞了。娘望着奶奶怀中的我，口齿不清地哀叫："不，不要……"奶奶猛地沉下脸，拿出威严的家长作风厉声吼道："你这个疯婆娘，犟什么犟，犟下去没你的好果子吃。你本来就是到处流浪的，我收留了你两年了，你还要怎么样？吃完饭就走，听到没有？"说完奶奶从门后拿出一柄锄头，像佘太君的龙头杖似地往地上重重一磕，"咚"地发出一声响。娘吓了一大跳，怯怯地看着婆婆，又慢慢低下头去看面前的饭碗，有泪水落在白花花的米饭上。

　　在奶奶的逼视下，娘突然有个很奇怪的举动，她将碗中的饭分了一大半给另一只空碗，然后可怜巴巴地看着奶奶。

　　奶奶呆了，原来，娘是向奶奶表示，每餐只吃半碗饭，只求别赶她走。奶奶的心仿佛被人狠狠揪了几把，奶奶也是女人，她的强硬态度也是装出来的。奶奶别过头，生生地将热泪憋了回去，然后重新板起了脸说："快吃快吃，吃了快走。在我家你会饿死的。"娘似乎绝望了，连那半碗饭也没吃，踉踉跄跄地出了门，却长时间站在门前不走。奶奶硬着心肠说："你走，你走，不要回头。天底下富裕人家多着呢！"娘反而走拢来，一双手伸向婆婆怀里，原来，娘想抱抱我。

　　奶奶犹豫了一下，还是将襁褓中的我递给了娘。娘第一次将我搂在怀里，咧开嘴笑了，笑得春风满面。奶奶却如临大敌，两手在我身下接着，生怕娘的疯劲一上来，将我像扔垃圾一样丢掉。娘抱我的时间不足三分钟，奶奶便迫不及待地将我夺了过去，然后转身进屋关上了门。

　　当我懵懵懂懂地晓事时，我才发现，除了我，别的小伙伴都有娘。我找父亲要，找奶奶要，他们说，你娘死了。可小伙伴却告诉我："你娘是疯子，被你奶奶赶走了。"我便找奶奶扯皮，要她还我娘，还骂她是"狼外婆"，甚至将她端给我的饭菜泼了一地。那时我还没有"疯"的概念，只知道非常想念她，她长什么样？还活着吗？没想到，在我六岁那年，离家 5 年的娘居然回来了。那天，几个小伙伴飞也似地跑来报信："小树，快去看，你娘回来了，你的疯娘回来了。"我喜得屁颠屁颠的，撒腿就往外跑，父亲奶奶也随着我追了出来。这是我有记忆后第一次看到娘。她还是破衣烂衫，头发上还有些枯黄的碎草末，天知道是在哪个草堆里过的夜。娘不敢进家门，却面对着我家，坐在村前稻场的石碾上，手里还拿着个脏兮兮的气球。当我和一群小伙伴站在她面前时，她急切地从我们中间搜寻她的儿子。娘终于盯住我，死死地盯住我，咧着嘴叫我："小树……球……球……"她站起来，不停地扬着手中的气球，讨好地往我怀里塞。我却一个劲儿地往后退。我大失所望，没想到我日思夜想的娘居然是这样一副形象。一个小伙伴在一旁起哄说："小树，你现在知道疯子是什么样了吧？就是你娘这样的。"

　　我气愤地对小伙伴说："她是你娘！你娘才是疯子，你娘才是这个样子。"我扭头就跑了。这个疯娘我不要了。奶奶和父亲却把娘领进了家门。当年，奶奶撵走娘后，她的良心受到了拷问，随着一天天衰老，她的心再也硬不起来，所以主动留下了娘，而我老大不乐意，因为娘丢了我的面子。

我从没给娘好脸色看，从没跟她主动说过话，更没有喊她一声"娘"，我们之间的交流是以我"吼"为主，娘是绝不敢顶嘴的。

家里不能白养着娘，奶奶决定训练娘做些杂活。下地劳动时，奶奶就带着娘出去"观摩"，说不听话就要挨打。

过了些日子，奶奶以为娘已被自己训练得差不多了，就叫娘单独出去割猪草。没想到，娘只用了半小时就割了两筐"猪草"。奶奶一看，又急又慌，娘割的是人家田里正生浆拔穗的稻谷。奶奶气急败坏地骂她"疯婆娘谷草不分……"奶奶正想着如何善后时，稻田的主人找来了，竟说是奶奶故意教唆的。奶奶火冒三丈，当着人家的面拿出根棒槌一下敲在娘的后腰上，说："打死你这个疯婆娘，你给老娘滚远些……"

娘虽疯，疼还是知道的，她一跳一跳地躲着奶奶的棒槌，口里不停地发出"别……别……"的哀号。最后，人家看不过眼，主动说："算了，我们不追究了。以后把她看严点就是……"这场风波平息后，娘歪在地上抽泣着。我鄙夷地对她说："草和稻子都分不清，你真是个猪。"话音刚落，我的后脑勺挨了一巴掌，是奶奶打的。奶奶瞪着眼骂我："小兔崽子，你怎么说话的？再怎么着，她也是你娘啊！"我不屑地嘴一撇："我没有这样的傻疯娘！"

"嗬，你真是越来越不像话了。看我不打你！"奶奶又举起巴掌，这时只见娘像弹簧一样从地上跳起，横在我和奶奶中间，娘指着自己的头，"打我、打我"地叫着。

我懂了，娘是叫奶奶打她，别打我。奶奶举在半空中的手颓然垂下，嘴里喃喃地说道："这个疯婆娘，心里也知道疼爱自己的孩子啊！"

我上学不久，父亲被邻村一位养鱼专业户请去守鱼池，每月能赚 50 元。

娘仍然在奶奶的带领下出门干活，主要是打猪草，不过以后她没再惹什么大的乱子。

记得我读小学三年级的一个冬日，天空突然下起了雨，奶奶让娘给我送雨伞。娘可能一路摔了好几跤，浑身像个泥猴似的，她站在教室的窗户旁望着我傻笑，口里还叫："树……伞……"一些同学嘻嘻地笑，我如坐针毡，对娘恨得牙痒痒，恨她不识相，恨她给我丢人，更恨带头起哄的范嘉喜。当他还在夸张地模仿时，我抓起面前的文具盒，猛地向他砸过去，却被范嘉喜躲过了，他冲上前来掐住我的脖子，我俩撕打起来。我个子小，根本不是他的对手，被他轻易压在了地上。这时，只听见教室外传来"嗷"的一声长啸，娘像个大侠似地飞跑进来，一把抓起范嘉喜，拖到了屋外。都说疯子力气大，真是不假。娘双手将欺负我的范嘉喜举向半空，他吓得哭爹喊娘，一双胖乎乎的小腿在空中乱踢乱蹬。娘毫不理会，居然将他丢到了学校门口的水塘里，然后一脸漠然地走开了。

娘为我闯了大祸，她却像没事似的。在我面前，娘又恢复了一副怯怯的神态，讨好地看着我。我明白这就是母爱，即使神志不清，母爱也是清醒的，因为她的儿子遭到了别人的欺负。当时我情不自禁地叫了声："娘！"这是我会说话以来第一次喊她。娘浑身一震，久久地看着我，然后像个孩子似的羞红了脸，咧了咧嘴，傻傻地笑了。那天，我们母子俩第一次共撑一把伞回家。我把这事跟奶奶说了，奶奶吓得跌倒在椅子上，连忙请人去把爸爸叫了回来。爸爸刚进屋，一群拿着刀棒的壮年男人闯进我家，不分青红皂白，先将锅碗瓢盆砸了个稀巴烂，家里像发生了九级地震。这都是范嘉喜家请来的人，范父恶狠狠地指着爸爸的鼻子说："我儿子吓出了神经病，现在在卫生院躺着。你家要不拿出 1000 块钱的医药费，我一把火烧了你家的房子。"

1000 块？爸爸每月才 50 块钱啊！看着杀气腾腾的范家人，爸爸的眼晴慢慢烧红了，他用非常恐怖的目光盯着娘，一只手飞快地解下腰间的皮带，劈头盖脸地向娘打去。一下又一下，娘像只惶惶偷生的老鼠，又像一只跑进死胡同的猎物，无助地跳着、躲着，她发出的凄厉声以及皮带抽在她身上发出的那种清脆的声响，我一辈子都忘不了。最后还是派出所所长赶来制止了爸爸施暴的手。派出所的调解结果是，双方互有损失，两不亏欠。谁再闹就抓谁！一帮人走后，爸看看满屋狼藉的锅碗碎片，又看看伤痕累累的娘，他突然将娘搂在怀里痛哭起来，说："疯婆娘，不是我硬要打你，我要不打你，这事下不了台，咱们没钱赔人家啊！这都是家穷惹的祸！"爸又看着我说："树儿，你一定要好好读书考大学。要不，咱们就这样被人欺负一辈子啊！"我懂事地点点头。

2000年夏，我以优异的成绩考上了高中。积劳成疾的奶奶不幸去世，家里的日子更难了。民政局将我家列为特困家庭，每月补助40元钱，我所在的高中也适当减免了我的学杂费，我这才得以继续读书。

由于是住读，学习又抓得紧，我很少回家。父亲依旧在为50元打工，为我送菜的担子就责无旁贷地落在了娘身上。每次总是隔壁的婶婶帮忙为我炒好咸菜，然后交给娘送来。20公里的羊肠山路多亏娘牢牢地记了下来，风雨无阻。也真是奇迹，凡是为儿子做的事，娘一点儿也不疯。除了母爱，我无法解释这种现象在医学上应该怎么破译。

2003年4月27日，又是一个星期天，娘来了，不但为我送来了菜，还带来了十几个野鲜桃。我拿起一个，咬了一口，笑着问她："挺甜的，哪来的？"娘说："我……我摘的……"没想到娘还会摘野桃，我由衷地表扬她："娘，您真是越来越能干了。"娘嘿嘿地笑了。

娘临走前，我照例叮嘱她注意安全，娘哦哦地应着。送走娘，我又扎进了高考前最后的复习中。第二天，我正在上课，婶婶匆匆地赶来学校，让老师将我喊出教室。婶婶问我娘送菜来没有，我说送了，她昨天就回去了。

婶婶说："没有，她到现在还没回家。"我心一紧，娘该不会走错道了吧？可这条路她走了三年，照理不会错啊。婶婶问："你娘没说什么？"我说没有，她给我带了十几个野鲜桃哩。婶婶两手一拍："坏了坏了，可能就坏在这野鲜桃上。"婶婶要我请了假，我们沿着山路往回找，回家的路上确有几棵野桃树，桃树上稀稀拉拉地挂着几个桃子，因为长在峭壁上才得以保存下来。我们同时发现一棵桃树有枝丫折断的痕迹，树下是百丈深渊。婶婶看了看我说，"我们到峭壁底下去看看吧！"我说："婶婶你别吓我……"婶婶不由分说，拉着我就往山谷里走……

娘静静地躺在谷底，周边是一些散落的桃子，她手里还紧紧攥着一个，身上的血早就凝固成了沉重的黑色。我悲痛得五脏俱裂，紧紧地抱住娘，说："娘啊，我的苦命娘啊，儿悔不该说这桃子甜啊，是儿子要了你的命……娘啊，您活着没享一天福啊……"我将头贴在娘冰凉的脸上，哭得漫山遍野的石头都陪着我落泪……

2003年8月7日，在娘下葬后的第100天，湖北大学烫金的录取通知书穿过娘所走过的路，穿过那几株野桃树，穿过村前的稻场，径直"飞"进了我的家门。我把这份迟到的书信插在娘冷寂的坟头："娘，儿长出息了，您听到了吗？您可以含笑九泉了！"

崇高的母性 / 黎烈文

即使命悬一线，也忘不了自己初生的孩子

> 在四十二度的高烧下，妻什么都糊涂了，但却知道她已有一个孩子；她什么人都忘记了，但却没有忘记她的初生的爱儿。

辛辛苦苦在外国念了几年书回来，正想做点事情的时候，却忽然莫名其妙地病了，妻心里的懊恼，抑郁，真是难以言传的。

睡了将近一个月，妻自己和我都不曾想到那是有了小孩。我们完全没有料到他会来得那么迅速。

最初从医生口中听到这消息时，我可真的有点慌急了，这正像自己的阵势还没有摆好，敌人就已跑来挑战一样。可是回过头去看妻时，她正在窥伺着我的脸色，彼此的眼光一碰到，她便红着脸把头转过一边；但就在这闪电似的一瞥中，我已看到她是不单没有一点怨恨，还简直显露出喜悦。

"啊，她倒高兴有小孩呢！"我心里这样想，感觉着几分诧异。

从此，妻就安心地调养着，一句怨话也没有；还恐怕我不欢迎孩子，时常拿话安慰我：

"一个小孩是没有关系的，以后断不再生了。"

妻是向来爱洁的，这以后就洗浴得更勤；起居一切都格外谨慎，每天还规定了时间散步。一句话，她是从来不曾这样注重过自己的身体。她虽不说，但我却知道，即便一饮一食，一举一动，她都顾虑着腹内的小孩。

肚子一天天大起来，她所有的洋服都小了。从前那样爱美的她，现在却穿着一点样子也没有的宽大的中国衣裳，在霞飞路那样热闹的街道上悠悠地走着，一点也不感觉着局促。

有些生过小孩的女人，劝她用带子在肚上勒一勒，免得孩子长得太大将来难于生产，但她却固执地不肯，她宁愿冒着自己的生命危险，也不愿妨害那没有出世的小东西的发育。

妻从小就失了怙恃，我呢，虽然父母全在，但却远远地隔着万重山水。因此，凡是小孩生下时需用的一切，全得由两个没有经验的青年去预备。我那时正在一个外国通讯社做记者，整天忙碌着，很少工夫管到家里的事情，于是妻便请教着那些做过母亲的女人，悄悄地预备这样，预备那样。还怕裁缝做的小衣给初生的婴孩穿着不舒服，竟买了一些软和的料子，自己别出心裁地缝制起来。小帽、小鞋等件，不用说都是她一手做出的。看着她那样热心地、愉快地做着这些琐事，任何人都不会相信这是一个在外国大学受过教育的女子。

医院是在分娩前四五个月就已定好了。我们恐怕私人医院不可靠，这是一个很大的公立医院。这医院的产科主任是一个和善的美国女人。因为妻能说流畅的英语，每次到医院去看时，总是由主任亲自诊察，而又诊察得那么仔细！这美国女人并且答应将来妻去生产时，由她亲自收生。

因此，每次由医院回来，妻便显得更加宽慰，更加高兴。她是一心一意在等着做母亲。有时孩子在肚内动得太厉害，我听到妻说难过，不免皱着眉说：

"怎么还没生下地就吵得这样凶！"

妻却立刻忘了自己的痛苦，带着慈母袒护劣子的神情，回答我道：

"像你咯！"

临盆的时期终于伴着严冬到来了。我这时却因为退出了外国通讯社，接编了一个报纸的副刊，忙得格外凶。

现在我还分明地记得：十二月廿五那晚，十二点过后，我由报馆回家时，妻正在灯下焦急地等待着我。一见面她便告诉我小孩怕要出生了，因为她这天下午身上有了血迹。她自己和小孩的东西，都已收拾在一只大皮箱里。她是在等我回来商量要不要上医院。

虽是临到了那样性命交关的时候，她却镇定而又勇敢，说话依旧那么从容，脸上依旧浮着那么可爱的微笑。

一点做父亲的经验也没有的我，自然觉得把她送到医院里妥当些。于是立刻雇了汽车，陪她到了预定的医院。

可是过了一晚，妻还一点动静都没有，而我在报馆的职务是没人替代的，只好叫女仆在医院里陪伴着她，自己带着一颗惶扰不宁的心，照旧上报馆工作。临走时，妻拉着我的手说：

"真不知道会要生下一个什么样子的小孩呢！"

妻是最爱漂亮的，我知道她在担心生下一个丑孩子，引得我不喜欢。我笑着回答：

"只要你平安，随便生下一个什么样子的小孩，我都喜欢的。"

她听了这话，用了充满谢意的眼睛凝视着我，拿法国话对我说道：

Oh！ merci！ tuesbienbon！（啊！谢谢你！你真好！）

在医院里足足住了两天两晚，小孩还没生，妻是简直等得不耐烦了。直到二十八日清早，我到医院时，看护妇才笑嘻嘻地迎着告诉我：小孩已经在夜里十一点钟生下了，一个男孩子，大小都平安。

我高兴极了，连忙奔到妻所住的病房一看，她正熟睡着，作伴的女仆在一旁打盹。只一夜工夫，妻的眼睛已凹进了好多，脸色也非常憔悴，一见便知道经过一番很大的挣扎。

不一会，妻便醒来了，睁开眼，看见我立在床前，便流露一个那样凄苦而又得意的微笑，仿佛在对我说："我已经越过了死线，我已经做着母亲了！"

我含着感激的眼泪，吻着她的额发时，她就低低地问我道：

"看到了小东西没有？"

我正要跑往婴儿室去看，主任医师和她的助手——一位中国女医士，已经捧着小孩进来了。

虽然妻的身体那样弱，婴孩倒是颇大的，圆圆的脸盘，两眼的距离相当阔，样子全像妻。

据医生说，发作之后三个多钟头，小孩就下了地，并没动手术，头胎能够这样要算是顶好的。

助产的中国女士还笑着告诉我：

"真有趣！小孩刚刚出来，她自己还在痛得发晕的当儿，便急着问我们五官生得怎样！"

妻要求医生把小孩放在她被里睡一睡。她勉强侧起身子，瞧着这刚从自己身上出来的，因为怕亮在不停地闪着眼睛的小东西，她完全忘掉了近来——不，十个月以来的一切苦楚。从那浮现在一张稍稍清瘦的脸上甜蜜的笑容，我感到她是从来不曾那样开心过。

待到医生退出之后，妻便谈着小孩什么什么地方像我。我明白她是希望我能和她一样爱这小孩的。——她不懂得小孩愈像她，我便爱得愈切！

产后，妻的身体一天好一天。从第三天起，医生便叫看护妇每天把小孩抱来吃两回奶，说这样对于产妇和婴孩都很有利的。瞧着妻腼腆而又不熟练地，但却异常耐心地，喂在床上哺着那因为不能畅意吮吸，时而呱呱地哭叫起来的婴儿，我觉得那是人类最美的图画。我和妻都非常快乐。因着这小东西的到来，我们那寂寞的小家庭，以后将充满生气。我相信只要有着这小孩，妻以后任何事情都不会想做的。从前留学时的豪情壮志，已经完全被这种伟大的母爱驱走了。

然而从第五天起，妻却忽然发热起来。产后发热原是最危险的事，但那时我和妻都一点不明白，我们是那样信赖医院和医生，我们绝料不到会出毛病的。直到发热的第六天，方才知道病人再不能留在那样庸劣的医生手里，非搬出医院另想办法不可。

从发热以来，妻便没有再喂小孩的奶，让他睡在婴儿室里吃着牛乳。婴儿室和妻所住的病房相隔不过几间房子，那里面一排排几十只摇篮，睡着全院所有的婴孩。就在妻出院的前一小时，大概是上午八点钟罢，我正和女仆在清着东西，虽然热度很高，但神志仍旧非常清楚的妻，忽然带着惊恐的脸色，从枕上侧耳倾听着，随后用了没有气力的声音对我说道：

"我听到那小东西在哭呢，去看看他怎么弄的啦！"

我留神一下，果然听着遥远的孩子的啼声。跑到婴儿室一看，门微开着，里面一个看护妇也没有，所有的摇篮都是空的，就只剩下一个婴孩在狂哭着，这正是我们的孩子。因为这时恰是吃奶的时间，看护妇把所有的孩子一个一个地送到各人的母亲身边吃奶去了，而我们的孩子是吃牛乳的，看护妇要等别的孩子吃饱了抱回来之后，才肯喂他。

看到这早早便受到人类的不平的待遇，满脸通红，没命地哭着的自己的孩子，再想到那在危笃中的母亲的锐敏的听觉，我的心是碎了的。然而有什么办法呢？我先得努力救那垂危的母亲。我只好欺骗妻说那是别人的一个生病的孩子在哭着。我狠心地把自己的孩子留在那些像虎狼一般残忍的看护妇的手中，用医院的救护车把妻搬回了家里。

虽然请了好几个名医诊治，但妻的病势是愈加沉重了。大部分时间昏睡着，稍许清楚的时候，便记挂着孩子。我自己也知道孩子留在医院里非常危险，但家里没有人照料，要接回也是不可能的，真不知要怎么办。后来幸而有一个相熟的太太，答应暂时替我们养一养。

孩子是在妻回家后第三天接出医院的，因为饿得太凶，哭得太多的缘故，已经瘦得不成样子，两眼也不灵活了。连哭的气力都没有了，只会干嘶着。并且下身和两腿生满了湿疮。

病得那样厉害的妻，把两颗深陷的眼睛睁得大大的，将抱近病床的孩子凝视了好一会，随后缓缓地说道：

"这不是我的孩子啊！……医院里把我的孩子换了啊！……我的孩子不是这副呆相啊！……"

我确信孩子并没有换掉，不过被医院里糟蹋到这样子罢了。可是无论怎样解释，妻是不肯相信的。她发烧得太厉害，这时连悲哀的感觉也失掉了，只是冷冷地否认着。

因为在医院里起病的六天内，完全没有受到适当的医治，妻的病是无可救药了，所有请去的医生都摇头着，打针服药，全只是尽人事。

在四十二摄氏度的高烧下，妻什么都糊涂了，但却知道她已有一个孩子；她什么人都忘记了，但却没有忘记她的初生的爱儿。她作着呓语时，旁的什么都不说，就只喃喃地叫着："阿囡！囡囡！弟弟！"大概因为她自己嘴里干得难过罢，她便联想到她的孩子也许口渴了，她有声没气地，反复地说着：

"囡囡嘴干啦！叫娘姨喂点牛奶给他吃罢！……弟弟口渴啦！叫娘姨倒点开水给他吃罢！"

妻是从来不曾有过叫喊"囡囡""弟弟""阿囡"那样的经验的，我自己也从来不曾听到她说出这类名字，可是现在她却这样熟稔地自然地念着这些对于小孩的亲爱的称呼，就像已经做过几十年的母亲一样，——不，世间再没有第二个母亲会把这类名称念得像她那样温柔动人的！

不可避免的瞬间终于到来了！一月十四日早上，妻在我的臂上断了呼吸。然而呼吸断了以后，她的两眼还是茫然地睁开着。直待我轻轻地吻着她的眼皮，在她的耳边说了许多安慰的话，叫她放心着，不要记挂孩子，我一定尽力把他养大，她方才瞑目逝去。

可是过了一会，我忽然发现她的眼角上每一面挂着一颗很大的晶莹的泪珠。我在殡仪馆的人到来之前，悄悄地把它们拭去了。我知道妻这两颗眼泪也是为了她的"阿囡""弟弟"流下的！

母亲一直在倾听 / 崔修建

我的母亲听不到，也全都听得到、看得到

> 望着母亲那赤裸的被艰辛岁月弄得明显粗糙的手臂，他心头滚过一阵难言的灼热——谁说母亲什么都听不到？母亲不仅看得到，更听得到。

母亲先天聋哑，一辈子陷在无声的世界里。

他小时候，口吃很严重。母亲领着他四处求医，尝试了种种治疗方法，虽然收到了一定的疗效，但说话快了仍会有些口吃。

听一位医生介绍，口含石子不仅可以练习发音，还可以缓解肌肉紧张，有助于矫正口吃。他就每天口含鹅卵石对着一面小镜子，练习快速地朗读文章。而母亲每当忙完自己手里的活儿，总会静静地坐在一旁，微笑着看着他，一副很沉浸的样子。

后来，听说经常唱歌，对矫正口吃也有帮助。于是，一有空闲，他便站在院子里扯着嗓子唱歌，一首接一首，尽管跑调难听，可在他跟前的母亲却听得津津有味，眼睛里流露的全是赞赏和骄傲，似乎他跟电视上的歌星一样有着动听的歌喉。

初中快毕业时，他代表学校去乡里参加演讲比赛。很少出门的母亲早早地坐在了台下，在他的演讲过程中，母亲一次次地使劲为他鼓掌，好像他是所有选手中讲演最棒的。只有他知道，他那慷慨激昂的演讲，母亲其实一句也听不到，但她似乎全明白他演讲的内容，她眼睛里的喜悦阳光一样无遮拦地流淌着。

高二那年，他想买一台复读机提高自己的英语听力和朗读能力，但窘迫的家境让他几次欲言又止，父亲知道他的心思，却只能无奈地叹息，只能安慰他——再想想别的办法吧。

距高考的日子越来越近了，而他实在想不出更好的办法来提高自己的听力。那天，他正对着刚刚发下来的英语考卷黯然伤神——听力30分的题，他只听清楚了4分的题。

这时，母亲赶了上百里的山路，风尘仆仆地来到了县城一中，欢喜地递给他一台崭新的复读机，然后便匆匆地搭便车回家了。

寒假回家，他才从父亲那里得知母亲悄悄地变卖了她唯一值钱的东西——当年结婚时外婆送她的一对祖传的银手镯，为他买了那台复读机。

望着母亲那赤裸的被艰辛岁月弄得明显粗糙的手臂，他心头滚过一阵难言的灼热——谁说母亲什么都听不到？母亲不仅看得到，更听得到。

接到大学录取通知书，他一个字一个字地念给母亲听，母亲像孩子一样幸福地听着，仿佛自己中了大奖，脸上溢满了兴奋。

再后来，每当他取得一点点的成绩，回到家里，他都会兴致勃勃地讲给母亲听，而母亲总会慈爱地望着他，满脸堆笑地认真倾听着，好像一切都听得明明白白。

那天，他正跟母亲絮絮地述说着他的大学生活，一位高中同窗突然来访，惊讶地问他："你说的那些，母亲能听得到吗？"

"当然能听得到，虽然她的耳朵听不到，可是她的眼睛会听，她的心会听啊。"他自豪地告诉同窗。

他说的很对，母亲一直在悉心地倾听着他成长的脚步声，她听得真真切切，因为她用的是一颗挚爱的心灵。

三袋米 / 王恒绩

大如天、重如山，母亲讨来百家饭送儿上清华

> 三袋米，代表了大如天、重如山的母爱。
> 也许不是所有的父母，都像这位母亲一样在
> 艰难中支撑起儿子的天空。但天下父母对孩
> 子的爱，都是一样的。

这是一个真实的故事。这是一个特困家庭。儿子刚上小学时，父亲去
世了。娘儿俩相互搀扶着，用一堆黄土轻轻送走了父亲。

母亲没改嫁，含辛茹苦地拉扯着儿子。那时村里没通电，儿子每晚在
油灯下书声琅琅、写写画画，母亲拿着针线，轻轻、细细地将母爱密密缝
进儿子的衣衫。

日复一日，年复一年，当一张张奖状覆盖了两面斑驳陆离的土墙时，
儿子也像春天的翠竹，噌噌往上长。

望着高出自己半个头的儿子，母亲眼角的皱纹长满了笑意。

当满山的树木泛出秋意时，儿子考上了县重点一中。母亲却患上了严
重的风湿病，干不了农活，有时连饭都吃不饱。

那时的一中，学生每月都得带30斤米交给食堂。儿子知道母亲拿不出，

便说："娘，我要退学，帮你干农活。"

母亲摸着儿子的头，疼爱地说："你有这份心，娘打心眼儿里高兴，但书是非读不可。放心，娘生你，就有法子养你。你先到学校报名，我随后就送米去。"

儿子固执地说不，母亲说快去，儿子还是说不，母亲挥起粗糙的巴掌，结实地甩在儿子脸上，这是16岁的儿子第一次挨打……

儿子终于上学去了，望着他远去的背影，母亲在默默沉思。

没多久，县一中的大食堂迎来了姗姗来迟的母亲。她一瘸一拐地挪进门，气喘吁吁地从肩上卸下一袋米。

负责掌秤登记的熊师傅打开袋口，抓起一把米看了看，眉头就锁紧了，说："你们这些做家长的，总喜欢占点小便宜。你看看，这里有早稻、中稻、晚稻，还有细米，简直把我们食堂当杂米桶了。"

这位母亲臊红了脸，连说对不起。熊师傅见状，没再说什么，收了。

母亲又掏出一个小布包，说："大师傅，这是5元钱，我儿子这个月的生活费，麻烦您转给他。"

熊师傅接过去，摇了摇，里面的硬币叮叮当当。他开玩笑说："怎么，你在街上卖茶叶蛋?"母亲的脸又红了，支吾着道个谢，一瘸一拐地走了。

又一个月初，这位母亲背着一袋米走进食堂。熊师傅照例开袋看米，眉头又锁紧，还是杂色米。

他想，是不是上次没给这位母亲交代清楚，便一字一顿地对她说："不管什么米，我们都收。但品种要分开，千万不能混在一起，否则没法煮，煮出的饭也是夹生的。下次还这样，我就不收了。"

母亲有些惶恐地请求道："大师傅，我家的米都是这样的，怎么办?"熊师傅哭笑不得，反问道："你家一亩田能种出百样米? 真好笑。"

遭此抢白，母亲不敢吱声，熊师傅也不再理她。

第三个月初，母亲又来了，熊师傅一看米，勃然大怒，用几乎失去理智的语气，大声地呵斥："哎，我说你这个做妈的，怎么顽固不化呀？咋还是杂色米呢？你呀，今天是怎么背来的，还是怎样背回去！"

母亲似乎早有预料，双膝一弯，跪在熊师傅面前，两行热泪顺着凹陷无神的眼眶涌出："大师傅，我跟您实说了吧，这米是我讨……讨饭得来的啊！"

熊师傅大吃一惊，眼睛瞪得溜圆，半晌说不出话。

母亲坐在地上，挽起裤腿，露出一双僵硬变形的腿，肿大成梭形……母亲抹了一把泪，说："我得了晚期风湿病，连走路都困难，更甭说种田了。儿子懂事，要退学帮我，被我一巴掌打到了学校……"

她又向熊师傅解释，她一直瞒着乡亲，更怕儿子知道伤了他的自尊心。每天天蒙蒙亮，她就揣着空米袋，拄着棍子悄悄到十多里外的村子去讨饭，然后挨到天黑后才偷偷摸进村。她将讨来的米聚在一起，月初送到学校……

母亲絮絮叨叨地说着，熊师傅早已潸然泪下。他扶起这位母亲，说："好妈妈啊，我马上去告诉校长，要学校给你家捐款。"

母亲慌不迭地摇着手，说："别、别，如果儿子知道娘讨饭供他上学，就毁了他的自尊心。影响他读书可不好。大师傅的好意我领了，求你为我保密，切记！切记！"

母亲走了，一瘸一拐。

校长最终知道了这件事，不动声色，以特困生的名义减免了儿子三年的学费与生活费。

三年后，儿子以627分的成绩考进了清华大学。

欢送毕业生那天，县一中锣鼓喧天，校长特意将母亲的儿子请上主席台，此生纳闷：考了高分的同学有好几个，为什么单单请我上台呢？更令人奇怪的是，台上还堆着三只鼓囊囊的蛇皮袋。

此时，熊师傅上台讲了母亲讨米供儿上学的故事，台下鸦雀无声。

　　校长指着三只蛇皮袋，情绪激昂地说："这就是故事中的母亲讨得的三袋米，这是世上用金钱买不到的粮食。下面有请这位伟大的母亲上台。"

　　儿子疑惑地往后看，只见熊师傅扶着母亲正一步一步往台上挪。我们不知儿子那一刻在想什么，相信给他的那份震撼绝不亚于惊涛骇浪。

　　于是，人间最温暖的一幕亲情上演了，母子俩对视着，母亲的目光暖暖的、柔柔的，一绺儿有些花白的头发散乱地搭在额前，儿子猛扑上前，搂住她，号啕大哭："娘啊，我的娘啊……"

　　多年过去了，母亲的故事还在传说。

母心无线电 / 刘诚龙

儿行千里母担忧，直通心头有牵挂

> 我不太信八字，却也疑惑：老娘心头装着无线电吧，还是情感专线，通着她子女身上，越老信号越强。

晨曦初露，太阳刚刚挂在东山顶上，我姐气吁吁的，跑了我家来。那天我在家，泡一杯早茶，看一场日出，我姐风火火打门，把我吓得不轻。我姐嫁得不远，回家如串门，撩一下脚，就转屋来。今天，春风十里，这么早回娘家，没有过。何急事，不过晨的？弄得人心惊肉跳。

没什么事。我姐做了一个梦，梦里看到牙牙（父亲），牙牙哎哟哎哟，呲着嘴，对她说：脚，小脚，小脚脚踝那地方，针钻似的痛。父亲十来年不住家了，住在田谷坳山头，山头树青青，草绿绿，阴凉阴凉的，空气好啊，环境也好，旁边都是土屋，住了蛮多人，父亲爱打字牌，打牌打得忘了家，忘了娘，忘了他儿女。脚疼了，想起我们了？针是什么呢？不是清明节，墓周动不得土。

我姐来的那天，离清明节已不远，我们都没上山去看个究竟。清明时节雨纷纷，到得父亲坟头，前后左右瞧，看到有棵梧桐树，生在坟墓边，寻根挖，果然是穿坟过，恰是父亲小脚那处。这就是刺父亲脚踝的那针？蛮多年前，堂兄清早起来，打门大哥家，大哥睡得正好，骂他神经病，堂兄说，没神经，奶奶跟他说：脚冷。也是清明节，去给奶奶扫墓，看到坟前高坎，崩塌一角。

我老家称这叫送梦。父亲过世多年，从没送过梦给我。也许不是送什么梦，恰巧而已，或者是周公解梦，解释权掌握在周公手头，他想怎么解释就怎么解释。要是有科学依据呢？比如，灵魂与灵魂间，接通着无线电，就如一个手机号码，只能打通一个人。亲人间，用的是亲人手机，阴阳相通。

父亲其心有无无线电，无从判断，母亲其心有无线电，是一定的。母亲八十多岁了，某日，晨曦初露，太阳刚刚挂在东山顶上，我娘气吁吁的，跑了我姐家去，我姐正牵着牛，准备去早牧，远远看着我娘急匆匆影，吓得不轻，不敢问何事，只是请进屋来喝茶，老娘上气不接下气：昨晚，心只是当，慌得很，你打电话给平蛮样，看他有事不。当，是我老家土话，意思是窜，是跳。

平宝是我小时之称，蛮样，都是称小把戏的。什么学名什么笔名，母亲只叫我幼时宝号。我姐打电话给我，问我有么子事不。我说没有。不是没有，是有。我姐打我电话，我正在医院病床上，鼻孔插着氧气管。也是母亲睡不着的晚上，我跟我堂客说：今晚不去医院，我怕见不到明天的太阳。把堂客吓得魂都落了，赶紧陪我去医院，原来是阳了，心率太快。医生说，心率这么快，时间久了，心脏会猝停的。

我把我姐哄了，我姐把我娘哄了。我娘听说我没事，茶都没喝完，挂着棍子，笃笃悠悠，回家。我也不知，我娘何时候挂棍子的。这杖当是我给老娘买。我没买，谁买的都不晓得。做我娘的长子，我做得太不称职。冬风十里，泥泞土路，我姐要送我娘，我娘坚拒：我有的是力气，走路稳得很。我娘来时脸色寡白，回时脸色红润，那样子，稳稳地走冬风十里，是没问题。我姐也就没送，我娘一个人走。来就来，去就去，乡下走亲戚，多是这样。

过了几天。我娘又去了我姐家。这回，我姐去了她女儿家，外甥女住在一个小城，拄杖走，走不成。母亲叫我老弟送她去，母亲跟老弟讲：打个电话给你哥，看你哥有事没。老弟打了电话给我，我说没什么事。老弟转身对母亲凶：哥没事，有么子事？母亲转去菜园子，剥白菜外面几层叶子，剁碎，喂鸡。母亲喂了很多鸡，看重的是鸡蛋。土鸡蛋，有营养，每次回家，母亲给我纸盒子装鸡蛋，这个老太太，她竟然晓得：城里鸡蛋吃不得，土鸡蛋才好吃。母亲被老弟凶了，去摘白菜叶，刚摘一两蔸，丢了叶，过来跟我老弟说：送我到你姐屋去。我要去。你不送，我自个去。老弟拗不过，放了手中事，开车送她去。

没落座，母亲跟我姐说：心里当得很，给平宝打电话。快的。喝口茶，先。不喝。么子事，不过茶的？打了电话，说没事哒。给我电话，看，能看的。我姐明白母亲话了，打语音电话还不行，还得打视频电话。这天，我已从市里医院转到省城来了。我姐打我电话，堂客接的，我没力气接电话。母亲非要看看我，没法，我跟护士说：可以先拔下氧气管不。护士说，拔不得。管不了那多。拔了。不拔，我娘看到我鼻孔插着那么多东西，定然吓着。我跟母亲说，没事没事。母亲说，好了好了。真没事，好了。

那时，我心率是平稳了，却患上了急性肾衰竭，正在透析着。住院有些时候了，吃不下饭。出院个多月了，报复性饮食，上体重秤量自个轻重，减肥成功，轻了近三十斤。好在老娘老眼昏花，看到我脸，没看到我脸瘦。若是看到我南瓜脸瘦成驴子脸，母亲会跳的。

这次住院，最先谁都没告诉，也不晓得谁透的风，姐、妹、弟，都晓得了。我说了，莫告老娘。告老娘，没事都搞出有事来。我娘眼不明，心乱跳。隔两三天，就要她们给我打电话，视频的那种。我在医院很悲观，与母亲说，包括与姐妹说，都说没么子事。她们多信了。母亲却是不信。母亲在我妹家，不吃饭。我妹没办法，只好给我打电话。我妹特地去给我看八字：你哥没事，只是时间稍久些。

　　我不太信八字，却也疑惑：老娘心头装着无线电吧，还是情感专线，通着她子女身上，越老信号越强。

　　送梦，八字，想来是假的，母亲心头安装专线通子女，定然是真的。

在你的背影守候 / 石兵

把背影留给母亲，在她的视线里我越走越远

> 世上的人大都只会注意看一个人的正面，却极少有人熟悉另一个人的背影，但有一个人永远例外，那就是母亲。

你见过自己的背影吗？很多人会给出肯定的答案。那么，你知道谁最熟悉你的背影吗？谁在守候着你的背影？这个问题有个心酸又温暖的答案。

朋友告诉了我这样一件事。他上大学时，每一次刚上火车找到座位坐下，都会接到母亲的电话，提醒他注意看好身旁的行李，提醒他十多个小时的路途中要记得吃掉母亲带去的饭菜，那些饭菜放在保温饭盒里，拿出来就可以吃了。

朋友惊讶于母亲的电话总来得分秒不差。他家离火车站不远，所以每一次他都不让家人来送他，但母亲似乎对他的一举一动了如指掌，甚至有一次，母亲在他刚想上车时打来电话，提醒他有一件小行李遗失在了站台上。

朋友把心中的疑问告诉母亲，母亲却总是笑笑不说话，朋友又去问父亲，父亲瞪了他一眼，说，你妈什么都知道，因为她什么都看得见。

父亲的话让朋友更加莫名其妙，可再问下去，父亲也不说话了。

一直到不久之前，朋友的母亲去世，他收拾母亲的遗物，突然发现了一架高倍数的望远镜。望远镜藏在母亲床下。他心中一动，拿起望远镜从母亲卧室的窗前望出去，他清晰地看到了不远处的火车站、站台，还有一列列东来西往的火车。

朋友终于明白，母亲就是用这架望远镜目不转睛地看着他一次次出门远行，他也终于明白，为什么每次放假回到家，家中的饭菜总是热乎乎的，等着饥肠辘辘的他狼吞虎咽。

朋友讲到此已是泪流满面、语不成句了。他说，世上的人大都只会注意看一个人的正面，却极少有人熟悉另一个人的背影，但有一个人永远例外，那就是母亲。

我也想起了自己的母亲，刚参加工作的时候，没有结婚，因为单位离家很近，我便与父母住在一起，每一天，我总是早出晚归，但不论我起得多早，母亲总会提前准备好早饭，后来，我担心影响母亲休息，便谎称单位供应早饭，母亲才终于答应不再早起做饭了。

有一天，因为一个重要的工作，我天还没亮匆匆出门，可还没有走到楼下手机便响了起来，是母亲，她告诉我，我的文件袋没有拿。我心头一惊，果然，昨晚加班许久做好的一个项目图表忘记拿了，幸好母亲发现，不然等到了单位再发现工作就要被耽误了。

我急忙回家，取了文件袋便匆匆离开。那天，我一直忙到午夜才回到家，令我惊奇的是，家中虽暗着灯，桌上却放着几样仍然热乎乎的小菜。

我懂了，这一切都源于母亲。她虽不再早起做饭，却仍在默默注视着我，看着我离家的背影，默默为我尽其全力打理着散乱的生活，每天夜里，她都在等我，想必只要接近午夜，她便会为我准备一些饭菜做夜宵吧，也不知道这些菜凉了之后，她反反复复热过了几遍。

女子本弱，为母则刚。其实，母亲的坚强与伟大并非做了什么轰轰烈烈的事情，恰恰相反，她们做的往往都是一些不起眼的小事，但这些或许他人不屑做、不愿做的事却往往是最难坚持，因为它们填充着浩繁生活中那些被忽略的余隙，用一丝柔情一抹温暖为这个世界的现实与坚硬增添了一些久违的感动。

想一想吧，谁会在你转身离去之后久久不愿离开？谁会在你身后悄悄跟随？谁又会如此珍惜视野中你那渐渐远去的身影？

答案只有一个，她是世间最爱你的人，是母亲。

母亲的阻挡 / 周海亮

母爱是一道坚不可摧的墙，为孩子撑起一方天地

> 她的儿子并不知道母亲站在自己面前。
> 他是一位盲人。母亲成了儿子与过道上拥挤
> 的乘客之间的一道屏障

我在公共汽车的首发站点上了车。刚坐定，见上来一对母子。母亲五十多岁的样子，扶着一位二十多岁的小伙子。小伙子说，妈，车里人多吗？母亲轻轻地笑笑。她说，还好，人不多，正好有两个空座。

的确有两个空座。一个在车厢尾部，一个在车厢中间。母亲扶儿子在车厢尾部那个座位坐好，然后慢慢挪到车中间那个座位上坐下。能看出来她的腿脚不是很利索，走路有些颠簸。也许是风湿或类风湿吧？我认为一个人变得衰老，首先从腿脚开始。

车走了一站路，停下，上来一些人。母亲回头看看自己的儿子，目光中充满关切。车再走一站路，再停下，再上来一些人，车厢里就马上拥挤起来。母亲开始不安，她不停地回头看自己的儿子，表情一点一点紧张。忽然她站起来，冲离她最近的一位老太太点点头，示意她坐到自己的座位上。

然后母亲艰难地挤到儿子面前，在他面前默默站定。母亲满是褶皱的手抓住公共汽车的钢管把手，把自己定在那里。

她的儿子并不知道母亲站在自己面前。他是一位盲人。

母亲成了儿子与过道上拥挤的乘客之间的一道屏障。车厢里的人越来越多，可怕的冲击力挤压着身单力薄的母亲，让母亲的身体倾斜出很大的角度。说她站在那里，倒不如说她挂在那里，我看到，她的两腿常因人群的疯狂推搡而悬空。她不得不努力使自己的身体保持一种艰险的固定状态，以隔开拥挤的乘客和安静的儿子。她是一道坚不可摧的墙。她让自己和儿子之间，多出一片无人的领地。

我不知道她为什么要这样做。是她的儿子害怕拥挤么？是她的儿子带了贵重的东西么？是她把目盲的儿子当成弱者了么？还是什么也不因为，她所做的一切，只因一位母亲的本能？她长时间默默地站在那里，咬着牙关坚持着，盯着眼前的儿子。儿子并不知道母亲的近在咫尺。他一直都很安静。

终于，母亲松开紧攥着钢管把手的手，表情痛苦地活动着僵硬的手指。然后，她握了儿子的手，轻轻地说，我们要下车了。车子慢慢停下，母子俩小心地下了车。我看到，当他们站到路牌下，母亲急急地伸出手，笑着为自己的儿子擦去脸上的汗水。

我相信公共汽车上，并不存在什么太大的危险。充其量，拥挤的人群会让她目盲的儿子不适或者紧张罢了。可是患有腿疾的母亲仍然要竭尽全力使自己变成竖在儿子面前的一道坚墙。那时她的对手，是车厢里所有站着的人。

她之所以这样做，只因为，那椅子上，坐着自己的儿子。

我在想，生活中，又有多少次，母亲默默地保护着她的儿女们，可是儿女们，却是全然不知？

十年前的那个秋天 / 许建伟

记忆里那条长长的街，全是母亲在背着我全力奔跑

> 真不知道体质不好的母亲是靠什么背着
> 我跑了那么远的路，是爱吧，我想。

下午姐姐打电话过来说北方的天冷了，母亲的腿又疼得下不了地，让我打个电话回家，母亲在床上老念叨我们。放下电话看着窗外在秋风中摇曳却依然绿着的树叶，我的思绪随着它们回到了二十年前的那个秋天。

那时我刚够两岁，当时父亲在一家运输公司开车，我就和刚满四岁的姐姐玩开车的游戏，我们就学着父亲在公司干的工作来模仿，姐姐学爸爸，我扮车。我们一前一后地在炕上跑着玩，还不时地学几声汽车的喇叭声和刹车声。也许是因为步调还蹒跚，也许是因为玩的太高兴，我老是摔倒，最后姐姐怕我摔坏了就干脆叫我躺下来滚着走。那一圈我竟滚到了母亲生着豆芽的盆子旁。"停！汽车没油啦，加油！"说着姐姐将一粒刚长出一小截尾巴的豆子塞到我鼻孔里，我一惊，深吸一口气，一下子把那粒豆芽吸到了鼻腔深处。姐姐见状很害怕，就让我快吐出来，我见她害怕也就紧张，

却越吸越里，姐姐见状吓得喊来了母亲。听完姐姐的讲述，母亲背起我就往外冲。那时我家还住在旧区，而医院在刚开发的新区，由于当时的小镇还没有出租车，母亲就背着我跑过这条街，或者更应该说是背着我穿越了生死线。当时我已明显地感到呼吸困难，就想睡觉。当把感受告诉母亲时，她叫我千万别睡，还不时地唤着我的乳名，要我大声地应她。我感觉头顶好像压了一层浓浓的黑云，而且是越来越厚越来越重。路边的人都转过脸来看我们，但还没看清他们的脸他们就被抛在了远处，我回头想看清一张脸时，却看到了在后面拼命地追着我们的小姑。小姑当时还没结婚，体力正值充沛的时候，却怎么也追不上体质不好还背着我的母亲。小姑还向我们喊着什么，但我什么也听不到，只能看她张大的嘴巴，好像我们根本就不在同一个世界，而那时一切又都是那么的安静，只有母亲的喘息声和心跳声是那么清晰，现在我都清楚的记着那声音。后来就觉得眼前的色彩一点点的褪去，一张张迅速闪过的写满疑惑的脸也逐渐变成黑白的，小姑的身影也模糊了起来……

不知什么时候下起了雨，我和母亲的身上全是水，后来才知道那不是雨水，而是母亲的汗水。只觉得整个世界随着母亲的步子晃动，一下一下，眼前的光亮也越来越小，最后只剩下了母亲的背。迷迷糊糊中也不知过了多久，母亲的背竟变成了一张戴着金边眼镜的男人的脸，我一惊，整个世界黑了。意识再度清晰时，觉得有人正向我吹气，是春天田野里清新的空气。"好了。"一个男子的声音，又有人从我面部拿走个什么东西，睁眼看到的又是那个戴着金边眼镜的脸，目光往后一拉看到了他的衣服，知道了他是医生，也看到了他身后的桌子上的那个盘子里躺着一粒被血丝层层包裹着已看不出原本颜色的豆芽。

出了急诊室，看到了等待着的母亲。医生将我交给母亲时，母亲却一下子瘫倒了，在一旁喘着粗气的小姑赶忙扶住了她。从那以后，天气一转凉母亲就说腿疼，而且随着年龄的增长也越来越严重。

那条街有多长，我说不出个具体的数字，只记得小学毕业的那一年，也是我们离开小镇的那一年，我去走了那条街，从医院门口走到儿时住的地方（上小学时我家搬到了新区），走了两个多小时。真不知道，体质不好的母亲当时是靠什么背着我跑了那么远的路，是爱吧，我想，然而现在我只能用这笨拙的文字来回报她。

每当看到在热天里就得穿着厚厚的裤子的母亲，脑海就会浮现出这样一组镜头：小姑扶着母亲领着我走在被夕阳拂着的街上，拉近焦距，特显出在街的另一端，手里攥着家门钥匙，由于强忍着泪水而将嘴唇咬得紧紧的姐姐，正张望着远处……

妈妈的爱，永不嫌多 / 鲁小莫

原来我的每一步，都是瘦弱的母亲在推着我走

> 总以为自己已经长大，母爱太多，太泛滥，只能成为我的负担。却没有想到，原来我的每一步，都是瘦弱的母亲在推着我走……

仿佛是一场梦。梦里，他说他急需一笔钱，生意上的一笔外债需要打理。他的眉头拧着，好看的脸痛苦得扭曲。他的模样让我心痛。犹豫再三，我终于将手头图纸的复印件，高价卖给另一家公司。一个月后，这家公司的新式服饰居然早于我公司上市。我也毫不客气的被解雇。而他与我所有的存款，却在一夜之间都失踪了。

我的心痉挛成麻花。我痛苦的不只是钱、工作，而是我苦心经营了3年的感情啊！我宁愿这是一场梦，不再醒来。

可是那个微凉的清晨，我还是听到了厨房里的叮当声。他回来了！这个想法袭过来时，我的眼泪奔涌出来。是的，他是爱我的，像我爱他一样，他怎么舍得抛下我。我挣扎着起来，卧室的门开着，进来的是一张苍老的脸——是母亲！说不尽的失望在心里蔓延。我重新落枕，闭上眼睛。

母亲端来一碗粥，小声问，喝点？我摇摇头，小米粥的香味却氤氲钻进我的鼻子里，肚子也不停的咕咕叫，我有几天没吃东西了。我将一碗热粥倒进肚里，胃马上熨帖了。母亲很欣喜，问，再来一碗？我摇头。她想再劝，我已经闭上了眼睛。

每天清晨，母亲早早起床，将窗帘与窗子打开，阳光与风立即闯进来。然后，她下楼买菜。我无法再赖床，只好起来，穿衣，洗漱。镜里，人比黄花瘦。看着母亲忙碌的身影，我有些心疼的说："妈，我没事，你回家吧，家里那么多鸡呀兔子的，我爸一个人照看不过来。"

第二天我买了回家的车票，收拾好她的东西，不容分说，送她到车站。车站上，母亲流了眼泪，她说："莫儿，人生什么坎儿都能过！"我耸耸肩故作轻松地说："我知道。你以为我是小孩儿？"

母亲抹着眼泪上了车。我扭过头往回走，眼泪哗地就下来了。我一边流泪，一边拨通倩儿的电话。

倩儿在电话那头咯咯地笑，她问："鲁莫儿，你还记得我？"

我当然记得她。她是我的同学，后来，总是花枝招展的出入男人间。我称她为交际花。

跟倩儿在一起的日子很快乐。白天睡觉，晚上喝酒，蹦迪。迷离的灯光，刺耳的尖叫，让我远远地逃离痛苦。在这里我认识了张老板。

那个午夜我再次喝的酩酊大醉。张老板送我回来，行至楼下，我打开车门出去。一阵风吹过，我的胃里一阵难受。我捂着胃蹲下去。张老板下车扶住我，滚烫的脸凑在我的耳边。他说："你这个样子，让我心疼。"我一怔。这话太熟悉了。我仿佛被这话点燃。恍惚间，他抱起我，就要上楼去。

忽然间，不知从哪里来的野狗，一下子扑了过来。他"啊"一声放开我，我被摔在地。野狗还不停地追。他气喘吁吁地跑。猛然间想起来，打开车门，一溜烟地跑了。

我揉着摔疼的屁股，酒醒了一半。想起刚才的一幕，不由得出了一身冷汗。

第二天依然在中午醒来。头昏沉沉，胃里火烧火燎，想起母亲的小米粥，我不禁叹口气。酒吧不可以再去了，张老板也不适合继续交往。未来何去何从，我一片迷惘。

倒一杯白水，顺手打开手机。手机的铃声即时想起，是个陌生的号码。一个亲切的声音问："你是设计师鲁莫儿?"

我怔住。设计师鲁莫儿，这个称呼，仿佛距今一个世纪之远。曾经，这个称呼让我骄傲，被我苦心经营多年，却被自己一朝毁掉。我稳住情绪，问："你有事?"

对方说："我是汇泉服装公司，想请您设计一款风衣。"

我的泪缓缓落下来。原来，这个世界并没有抛弃我，我还有重塑自我的机会。我的精神一下子抖擞起来。我夜以继日地做设计，虽然累，却感觉踏实。让我欣慰的是，这样的邀请电话还在不时地打来。虽然没有一家公司正式聘用我，我仍感觉满足。曾苦心经营过的名气，其实比爱情更可靠。

好消息似乎一个接一个。那天，我在报纸上看到一则广告：一家外资服装公司进驻本市，要招聘几名服装设计师。我将自己打扮妥当，笔试，面试，居然一路过关。那天回来，我在楼下的小公园里一直坐到黄昏，心里百感交集。我想起妈妈说过的话，人生没有过不去的坎儿。

手机在这时候响了，是那家外资企业打来的，一个甜甜的声音说："你好，总管想请您将个人资料发到公司邮箱，好吗?"

我握着手机，飞一样上楼去。来不及换鞋，先打开电脑开关，电脑却不亮。我诧异，开灯，灯也不亮，我一拍脑袋想起来，半年多没交电费了吧，是停电了。我转身，往楼下不远处的网吧里跑。

我对着网吧的电脑屏幕，噼噼啪啪的输入个人资料。忽然间，一个熟悉的声音响起。我雷击般怔住。

那个声音说："小伙子，你再帮我发个信息。"

小伙子是网吧管理员。他说："阿姨，这个信息不是发过了吗？"

那个声音说："上次发的期限是3个月，已经过期。谢谢你了。"

然后，我听着那个声音念：鲁莫儿，服装设计师……我无法形容自己的心情。我怔怔地听着那个声音念完，然后付钱，离去。我木头一样站起，远远地跟着她。我的母亲！她瘦小的身影有些蹒跚，风吹着她的白发，她身上穿的，还是我高中时穿过的小棉袄。

她走过一条熟悉的路，来到一个离我家不远处的地下室，站住，开门，进去。然后，地下室的灯亮了。

我呆呆站了很久，终于抬手，敲门。母亲开门，见了我，眼里涌出意外，还有我再熟悉不过的慌乱。我往里瞧，地下室里，一张木床，一个电饭锅，锅盖开着，里面是水煮白菜。一条狗，拴在床头，趴在地上，见了我，"蹭"地站起，眼睛里是警惕，继而，是惊喜。我们家的老黄狗！

母亲什么时候回来的？在这个地下室里住了多久了，3个月？4个月？她是怎样藏好这只老黄狗的？城市里不准养大型犬。这个只会喂鸡和养兔子的小老太婆，怎么会想到去网上发布信息？

我泣不成声。总以为自己已经长大，母爱太多，太泛滥，只能成为我的负担。却没有想到，原来我的每一步，都是瘦弱的母亲在推着我走。每一道坎坷，都是母爱的潮水在抚平。

我将母亲接回家。我吃她做的小米粥，一碗接一碗地吃。母亲笑呵呵地说，多吃点儿，长得胖胖的好看。母亲还说，你得自己做饭，学会照顾自己。我还想挽留她，她说："家里的那些兔，你爸一人哪能忙过来，还有那些鸡，全送人了。这些日子，苦了大黄狗。"

母亲唯独不说苦了她自己。

我送母亲去车站。母亲说："莫儿，日子会越过越好……"我拼命地点头。是的，母亲，日子会越过越好，因为母爱那么多。

第 2 辑

/

世界上最好的女性

世界上只有一位最好的女性，
她便是慈爱的母亲。
世界上只有一种最动听的声音，
那便是母亲的呼唤。
一生中，母亲永远是最亲的那个人，
母爱永远是最无私的那份爱。
奉献与牺牲，
是母爱的丰富内涵中最为动情和闪光的部分，
正是这种爱的力量，
繁衍传承了生生不息的人类社会、万物生灵，
谱写出了传诵不衰的爱的诗篇、情的乐章。

我的母亲 / 胡适

人之初，第一位恩师就是我的慈母

> 如果我学得了一丝一毫的好脾气，如果我学得了一点点待人接物的和气，如果我能宽恕人，体谅人——我都得感谢我的慈母。

我小时身体弱，不能跟着野蛮的孩子们一块儿玩。我母亲也不准我和他们乱跑乱跳。小时不曾养成活泼游戏的习惯，无论在什么地方，我总是文绉绉的。所以家乡老辈都说我"像个先生样子"，遂叫我做"穈先生"。这个绰号叫出去之后，人都知道三先生的小儿子叫做穈先生了，既有"先生"之名，我不能不装出点"先生"样子，更不能跟着顽童们"野"了。有一天，我在我家八字门口和一班孩子"掷铜钱"，一位老辈走过，见了我，笑道："穈先生也掷铜钱吗？"我听了羞愧得面红耳热，觉得太失了"先生"的身份！

大人们鼓励我装先生样子，我也没有嬉戏的能力和习惯，又因为我确是喜欢看书，所以我一生可算是不曾享过儿童游戏的生活。每年秋天，我的庶祖母同我到田里去"监割"（顶好的田，水旱无忧，收成最好，佃户每约田主来监割，打下谷子，两家平分），我总是坐在小树下看小说。十一二岁时，我稍活泼一点，居然和一群同学组织了一个戏剧班，做了一些木刀竹枪，借得了几副假胡须，就在村口田里做戏。我做的往往是诸葛亮、刘备一类的文角儿；只有一次我做史文恭，被花荣一箭从椅子上射倒下去，这算是我最活泼的玩艺儿了。

我在这九年（1895-1904）之中，只学得了读书写字两件事。在文字和思想的方面，不能不算是打了一点儿底子。但别的方面都没有发展的机会。有一次我们村里"当朋"（八都凡五村，称为"五朋"，每年一村轮着做太子会，名为"当朋"），筹备太子会，有人提议要派我加入前村的昆腔队学习吹笙或吹笛。族里长辈反对，说我年纪太小，不能跟着太子会走遍五朋。于是我便失掉了这学习音乐的唯一机会。三十年来，我不曾拿过乐器，也全不懂音乐；究竟我有没有一点学音乐的天资，我至今还不知道。至于学图画，更是不可能的事。我常常用竹纸蒙在小说书的石印绘像上，摹画书上的英雄美人。有一天，被先生看见了，挨了一顿大骂，抽屉里的图画都被搜出撕毁了。于是我又失掉了学做画家的机会。

但这九年的生活，除了读书看书之外，究竟给了我一点儿做人的训练。在这一点上，我的恩师就是我的慈母。

每天天刚亮时，我母亲就把我喊醒，叫我披衣坐起。我从不知道她醒来坐了多久了。她看我清醒了，才对我说昨天我做错了什么事，说错了什么话，要我认错，要我用功读书。有时候她对我说父亲的种种好处，她说："你总要踏上你老子的脚步。我一生只晓得这一个完全的人，你要学他，不要跌他的股。"（股便是丢脸、出丑。）她说到伤心处，往往掉下泪来。到天大明时，她才把我的衣服穿好，催我去上早学。学堂门上的锁匙放在先生家里；我先到学堂门口一望，便跑到先生家里去敲门。先生家里有人把锁匙从门缝里递出来，我拿了跑回去，开了门，坐下念生书。十天之中，总有八九天我是第一个去开学堂门的。等到先生来了，我背了生书，才回家吃早饭。

我母亲管束我最严，她是慈母兼严父。但她从来不在别人面前骂我一句，打我一下。我做错了事，她只对我一望，我看见了她的严厉眼光，就吓住了。犯的事小，她等到第二天早晨我睡醒时才教训我。犯的事大，她等到晚上人静时，关了房门，先责备我，然后行罚，或罚跪，或拧我的肉，无论怎样重罚，总不许我哭出声音来。她教训儿子不是借此出气叫别人听的。

有一个初秋的傍晚，我吃了晚饭，在门口玩，身上只穿着一件单背心。这时候我母亲的妹子玉英姨母在我家住，她怕我冷了，拿了一件小衫出来叫我穿上。我不肯穿，她说："穿上吧，凉了。"我随口回答："娘（凉），什么！老子都不老子呀。"我刚说了这句话，一抬头，看见母亲从家里走出，我赶快把小衫穿上。但她已听见这句轻薄的话了。晚上人静后，她罚我跪下，重重的责罚了一顿。她说："你没了老子，是多么得意的事！好用来说嘴！"她气得坐着发抖，也不许我上床去睡。我跪着哭，用手擦眼泪，不知擦进了什么微菌，后来足足害了一年多的眼翳病。医来医去，总医不好。我母亲心里又悔又急，听说眼翳可以用舌头舔去，有一夜她把我叫醒，她真用舌头舔我的病眼。这是我的严师，我的慈母。

我母亲23岁做了寡妇，又是当家的后母。这种生活的痛苦，我的笨笔写不出万分之一二。家中经济本不宽裕，全靠二哥在上海经营调度。大哥从小就是败子，吸鸦片烟，赌博，钱到手就光，光了就回家打主意，见了香炉就拿出去卖，捞着锡茶壶就拿出去押。我母亲几次邀了本家长辈来，给他定下每月用费的数目。但他总不够用，到处都欠下烟债赌债。每年除夕我家中总有一大群讨债的，每人一盏灯笼，坐在大厅上不肯去。大哥早已避出去了。大厅的两排椅子上满满的都是灯笼和债主。我母亲走进走出，料理年夜饭、谢灶神、压岁钱等事，只当做不曾看见这一群人。到了近半夜，快要"封门"了，我母亲才走后门出去，央一位邻舍本家到我家来，每一家债户开发一点钱。作好作歹的，这一群讨债的才一个一个提着灯笼走出去。

一会儿，大哥敲门回来了。我母亲从不骂他一句。并且因为是新年，她脸上从不露出一点怒色。这样的过年，我过了六七次。

大嫂是个最无能而又最不懂事的人，二嫂是个很能干而气量很窄小的人。她们常常闹意见，只因为我母亲的和气榜样，她们还不曾有公然相打相骂的事。她们闹气时，只是不说话，不答话，把脸放下来，叫人难看；二嫂生气时，脸色变青，更是怕人。她们对我母亲闹气时，也是如此。我起初全不懂得这一套，后来也渐渐懂得看人的脸色了。我渐渐明白，世间最可厌恶的事莫如一张生气的脸；世间最下流的事莫如把生气的脸摆给旁人看。这比打骂更难受。

我母亲的气量大，性子好，又因为做了后母后婆，她更事事留心，事事格外容忍。大哥的女儿比我只小一岁，她的饮食衣料总是和我的一样。我和她有小争执，总是我吃亏，母亲总是责备我，要我事事让她。后来大嫂、二嫂都生了儿子了，她们生气时便打骂孩子来出气，一面打，一面用尖刻有刺的话骂给别人听。我母亲只装做没听见。有时候，她实在忍不住了，便悄悄走出门去，或到左邻立大嫂家去坐一会，或走后门到后邻度嫂家去闲谈。她从不和两个嫂子吵一句嘴。

每个嫂子一生气，往往十天半个月不歇，天天走进走出，板着脸，咬着嘴，打骂小孩子出气。我母亲只忍耐着，忍到实在不可再忍的一天，她也有她的法子。这一天的天明时，她就不起床，轻轻地哭一场。她不骂一个人，只哭她的丈夫，哭她自己命苦，留不住她丈夫来照管她。她刚哭时。声音很低，渐渐哭出声来。我醒了起来劝她，她不肯住。这时候，我总听得见前堂（二嫂住前堂东房）或后堂（大嫂住后堂西房）有一扇门开了，一个嫂子走出房向厨房走去。不多一会，那位嫂子来敲我们的房门了。我开了房门，她走进来，捧着一碗热茶。我母亲慢慢止住哭声，伸手接了茶碗。那位嫂子站着劝一会儿，才退出去，没有一句话提到什么人，也没有一个字提到这十天半个月来的气脸，然而各人心里明白，泡茶进来的嫂子总是那十天半个月来闹气的人，奇怪得很，这一哭之后，至少有一两个月的太平清净日子。

我母亲待人最仁慈，最温和，从来没有一句伤人感情的话。但她有时候也很有刚气，不受一点人格上的侮辱。我家五叔是个无正业的浪人，有一天在烟馆里发牢骚，说我母亲家中有事总请某人帮忙，大概总有什么好处给他。这句话传到了我母亲耳朵里，她气得大哭，请了几位本家来，把五叔喊来，她当面质问他她给了某人什么好处。直到五叔当众认错赔罪，她才罢休。

我在我母亲的教训之下度过了少年时代，受了她的极大极深的影响。我14岁（其实只有12岁零两三个月）就离开她了。在这广漠的人海里独自混了二十多年，没有一个人管束过我。如果我学得了一丝一毫的好脾气，如果我学得了一点点待人接物的和气，如果我能宽恕人，体谅人——我都得感谢我的慈母。

母亲 / 何家槐

母亲像钉子一样把自己钉在家里，成年累月

> 母亲摇摇头，她不能去，虽则没有谁阻止。她一生很少出门，成年累月地给钉在家里，像钉子一样。

看见一阵人穿得清清楚楚的打她身边走过，母亲亮着眼睛问：

"你们可是看火车去的?"

"是的，阿南婶!"

"我也想去。"

"要去就去，又没有谁阻止你。"

可是母亲摇摇头，她不能去，虽则没有谁阻止。她成年忙碌，尤其是在收豆的时候。这几天天一放光她就起身，把家事料理妥当以后，她又忙着跑到天井里，扫干净了地，然后取下挂在泥墙上，屋檐下，或者枯树枝中间的豌豆，用一个笨重的木槌打豆。

这几天天气很好，虽则已是十一月了，却还是暖和和的，像春天。

母亲只穿着一身单衣，戴一顶凉帽，一天到晚的捶着豌豆，一束又一束的。豆非常干燥，所以打豆一点不费力，有许多直像灯花的爆裂，自然而然的会裂开，像珍珠似的散满一地。可是打完豆以后，她还得理清枯叶泥沙，装进大竹篓，而且亲自挑上楼去。这些本来需要男子做的事，真苦够她了。

催，催，催，催；催，催……

她一天打豆，很少休息，连头也难得一抬。可是当她听到火车吹响汽笛的时候，她就放下了工作，忘神地抬起头来，倾听，闭着眼思索，有时还自言自语：

"唉，要是我能看一看火车……"

车站离我们家里并不很远，火车经过的时候，不但可以听到汽笛的声音，如果站在山坡上，还能够看见打回旋的白烟。因为附近有铁路还是最近的事，所以四方八面赶去看火车的人很多。

母亲打豆的天井，就在大路旁，村里人都得经过她的身边，如果要去火车站。一有人过去，她总要探问几句，尤其当他们回来的时候：

"看见了没有？"

"自然看见了，阿南婶！"

"像蛇一样的长吗？"

"有点儿像。"

"只有一个喷火的龙头，却能带着几十节几百节的车子跑，不很奇怪吗？"

"真的很奇怪。"

因为她像小孩子似的，不断地问长问短，有许多人简直让她盘问得不能忍受：

"我们回答不了许多的，阿南婶，最好你自己去看！"

"我自己？"

她仿佛吃了一惊，看火车，在她看来像是永远做不到的事。

"是的，你要去就去，谁也不会阻止你！"

可是母亲摇摇头，她不能去，虽则没有谁阻止。她一生很少出门，成年累月地给钉在家里，像钉子一样。

在这呆滞古板，很少变化的生活中，她对火车发生了很大的兴趣。那悠长的，古怪的汽笛，尤其使她起了辽远的，不可思议的幻想，飘飘然，仿佛她已坐了那蛇一样长的怪物飞往另一世界。不论什么时候一听到那种声音，她就闭上眼睛，似乎她在听着天外传来的呼唤。完全失神一样地，喂猪她会马上放下麦粥桶，洗衣服她会马上放下板刷，在煮饭的时候，她也会立刻抛开火钳，有时忘了添柴，有时却尽管把柴往灶门送，以致不是把饭煮得半生不熟，就是烧焦了半锅。

"你也是坐着火车回来的吗？"

她时常问从省城回来的人。

"是的，阿南婶！"

"火车跑得很快吗？"

"一天可以跑一千多里路，我早上还在杭州，现在却在这儿跟你讲话了。"

"那比航船还快？"

"自然自然。"

"它是怎样跑的呢？"

"那可说不上来。"

"哦，真奇怪——"她感叹着说："一天跑一千多里路，如果用脚走，脚筋也要走断了。这究竟是怎样的东西，跑得这样快，又叫得这样响！"

"……"

跟她讲话的人唯恐她磨叨，急急想走开，可是母亲又拉住问：

"你想我能坐着火车去拜省城隍吗?"

"自然可以的,阿南婶,谁也不会阻止你!"

可是母亲摇摇头,她不能去,虽则没有谁阻止。她举起木槌,紧紧地捏住一束豌豆,很想一槌打下去,可是一转念她却深深地叹息了。

母亲的时钟 / 鲁彦

母亲走的那个时刻，时钟也自动地静默下来

> 是母亲没有忘记时钟吗？是时钟永久跟
> 随着母亲呢？我想问母亲，但是母亲不再说
> 话了。

二十几年前，父亲从外面带了一架时钟给母亲：一尺多高，上圆下方，黑紫色的木框，厚玻璃面，白底黑字的计时盘，盘的中央和边缘镶着金漆的圆圈，底下垂着金漆的钟摆，钉着金漆的铃子，铃子后面的木框上贴着彩色的图画——是一架堂皇而且美丽的时钟。那时这样的时钟在乡里很不容易见到；不但我和姊姊非常觉得稀奇，就连母亲也特别喜欢它。

她最先把那时钟摆在床头的小橱上，只允许我们远望，不许我们走近去玩弄。我们爱看那钟摆的晃摇和长针的移动，常常望着望着忘记了读书和绣花。于是母亲搬了一个座位，用她的身子挡住了我们的视线，说：

"这是听的，不是看的呀！等一会又要敲了，你们知道呆看了多少时候吗？"

我们喜欢听时钟的敲声，常常问母亲：

"还不敲吗，妈？你叫它早点敲吧！"

但是母亲望了一望我们的书本和花绷，冷淡地回答说：

"到了时候，它自己会敲的。"

钟摆不但自己会动，还会嗒嗒地响下去，我们常常低低地念着它的次数；但母亲一看见我们嘴唇的翕动，就生起气来。

"你们发疯了！它一天到晚响着，你们一天到晚不做事情吗？我把它停了，或是把它送给人家去，免得害你们吧！……"

但她虽然这样说，却并没把它停下，也没把它送给人家。她自己也常常去看那钟点，天天把它揩得干干净净。

"走路轻一点！不准跳！"她几次对我们说，"震动得历害，它会停止的！"

真的，母亲自从有了这架时钟以后，她自己的举动更加轻声了。她到小橱上去拿别的东西的时候，几乎忍住了呼吸。

这架时钟开足后可以走上一个星期。不知母亲是怎样记得的。每次总在第七天的早晨不待它停止，就去开足了发条。和时钟一道，父亲带回家来的，还有一个小小的日晷。一遇到天气好太阳大，母亲就在将到正午的时候，把它放在后院子的水缸盖上。她不会看别的时刻，只知道等待那红线的影子直了，就把时钟纠正为十二点。随后她收了那日晷，把它放在时钟的玻璃门内。我们也喜欢那日晷，因为它里面有一颗指南针，跳动得怪好看。但母亲连这个也不许我们玩弄。

"不是玩的！"她说。"太阳立刻就下山了，还不赶快做你们的事吗？……"

这在我们简直是件苦恼的事情。自从有了时钟以后，母亲对我们的监督愈加严了。她什么事情都要按着时候，甚至是早起，晚睡和三餐的时间。

冬天的日子特别短，天亮得迟黑得早。母亲虽然把我们睡眠的时间略略改动了些，但她自己总是照着平时的时间。大冷天，天还未亮，她起来了。她把早饭煮好，房子收拾干净，拿着火炉来给我们烘衣服，催我们起床的时候，天才发亮，而我们也正睡得舒服，怕从被窝里钻出来的当儿。

"立刻要开饭了，不起来没有饭吃！"

她说完话就去预备碗筷。等我们穿好衣服，脸未洗完，她已经把饭菜摆在桌上。倘若我们不起来，她是决不等待我们的，从此要一直饿到中午，而且她半天不理睬我们。

每次当她对我们说几点钟的时候，我们几乎都起了恐惧，因为她把我们一切都用时间来限制，不准我们拖延。我们本来喜欢那架时钟的，以后却渐渐对它憎恶起来了。

"停了也好，坏了也好！"我们常常私自说。

但是它从来不停，也从来不坏。而且过了两三年，我们家里又加了一架时钟了。

那是我们阴配的嫂嫂的嫁妆。它比母亲的一架更时新，更美观，声音也更好听。它不用铃子，用的钢条圈，敲起来声音洪亮而且余音不绝。

我们喜欢这一架，因为它还有两个特点；比母亲的一架走得慢，也常常走不到一星期就停了下来。

但母亲却喜欢旧的一架。她把新的放在门边的琴桌上，把揩抹和开发条的事情派给了姊姊。她屡次看时刻却走到自己的床边望那架旧的。

"你喜欢这一架，"母亲对姊姊说，"将来就给你做嫁妆吧。当然，这一架样子新，也值钱些。"

我想姊姊当时听了这话应该是高兴的。但我心里却很不快活。我不希望母亲永久有一架那样准确而耐用的时钟。

那时钟，到得后来几乎代替了母亲的命令了。母亲不说话，它也就下起命令来，我们正睡得熟，它叮叮地叫着逼迫我们起床了；我们正玩得高兴，它叮叮地叫着，逼迫我们睡觉了；我们肚子不饿，它叫我们吃饭；肚子饿了，它不叫我们吃饭……

我们喜欢的是要快就快，要慢就慢，要走就走，要停就停的时钟。

姊姊虽然有幸，将得到一架那样的时钟，但在出嫁前两三个月，母亲忽然要把它修理了。

"她看只管好看，乱时辰是不行的，"她对姊姊说。"你去做媳妇，比不得在家里做女儿，可以糊里糊涂，自由自在呀。"

不知怎样，她竟打听出来了一个会修时钟的人，把他从远处请到家里，将那架新的拆开来，加了油，旋紧了某一个螺丝钉，弄了大半天。母亲请他吃了一顿饭，还用船送他回去。

于是姊姊的那架时钟果然非常准确了，几乎和母亲的一模一样。这在她是祸是福，我不知道。只记得她以后不再埋怨时钟，而且每次回到家里来，常常替代母亲把那架旧的用日晷来对准；同时她也已变得和母亲一样，一切都按照着一定的时间了。

我呢，自从第一次离开故乡后，也就认识了时钟的价值，知道了它对于人生的重大的意义，早已把憎恶它的心思一变而为喜爱的了。因为大的时钟不合用，我曾经买过许多挂表，既便于携带，式样又美观，价钱又便宜。

我记得第一次回家随身带着的是一只新出的夜明表，喜欢得连半夜醒来也要把它从枕头下拿来观看一番的。

"你看吧，妈，我这只表比你那架旧钟有用得多了，"我说着把它放在母亲的衣下。"黑角里也看得见，半夜里也看得见呢！"

但是母亲却并不喜欢。她冷淡地回答说：

"好玩罢了，并且是哑的。要看谁走得准，走得久呀。"

我本来是不喜欢那架旧钟的，现在给她这么一说，我愈加发现它的缺点了：式样既古旧，携带又不便利，而且摆置得不平稳或者稍受震动就会停止；到了夜里，睡得正甜蜜的时候，有时它叮叮敲着把人惊醒了过来，反之醒着想知道什么时候，却须静候到一个钟头才能听到它的报告。然而母亲却看不起我的新置的完美的挂表，重视着那架不合用的旧钟。这真使我对它发生更不快的感觉。

幸而母亲对我的态度却改变了。她现在像把我当做了客人似的，每天早晨并不催我起床，也并不自己先吃饭，总是等待着我，一直到饭菜冷了再暖过一遍。她自己是仍按着时间早起，按着时间煮饭的，但她不再命令我依从她了。

"总要早起早睡，"她偶然也在无意中提醒我，而态度是和婉的。

然而我始终不能依从她的愿望。我的习惯一年比一年坏了：起来得愈迟，睡得也愈迟，一切事情都漫无时间。我先后买过许多表，的确都是不准确，也不耐久的；到得后来，索性连这一类表也没用处了。

但母亲却依然保留着她那架旧钟：屋子被火烧掉了，她抢出了那架旧钟，几次移居到上海，她都带着那架旧钟。

"给你买一架新的吧，不必带到上海去。"我说。母亲摇一摇头：

"你们用新的吧，我还是要这架用惯了的。"

到了上海，她首先拿出那架旧钟来，摆在自己的房里，仍是自己管理它。

它和海关的钟差不多准确，也不需要修理添油。只是外面的样子渐渐老了：白底黑字的计时盘这里那里起了斑疤，金漆也一块块的剥落了。

至于母亲，自从父亲去世后也就得了病，愈加老得快，消瘦下来，没有精力做事情。

"吃现成饭了，"她说，"一切由你们吧。"

她把家里的事情全交给了我和妻子，常常躺在床上睡觉。

但是她早起的习惯没有改。天才一亮，她就起床了。她很容易饿，我们吃饭的时间就不得不和她分了开来。常常我们才吃过早饭，她就要吃中饭，她起初也等待我们，劝我们，日子久了，她知道没办法，便径自先吃了。

"一天到晚，只看见开饭，"她不高兴地时候，说。"我还是住在乡下好，这里看不惯！"

真的，她现在不常埋怨我们，可是一切都使她看不惯，她说要住到乡下去，立刻就要走的，怎样也留她不住。

"乡下冷清清的没有亲人。"我说。

"住惯了的。"

"把你顶喜欢的孙子带去吧。"

但是她不要。她只带着她那架旧钟回去。第二次再来上海时，仍带着那架旧钟。第三次，第四次……都是一样。

去年秋季，母亲最后一次离开了她所深爱的故乡。她自知身体衰弱到了极度，临行前对人家说：

"我怕不能再回来了。上海过老，也好的，全家在眼前……"

这一次她的行李很简单，一箱子的寿衣，一架时钟。到得上海，她又把那时钟放在她自己的房里。

果然从那时起，她起床的时候愈加少了，几乎一天到晚都躺在床上，而且不常醒来。只有天亮和三餐的时间，她还是按时的醒了过来。天气渐渐冷下来，母亲的病也渐渐沉重起来，不能再按时去开那架时钟，于是管理它的责任便到了我们的手里。但我们没有这习惯，常常忘记去开它，等到母亲说了几次停了，我们才去开足它的发条，而又因为没有别的时间，常常无法纠正它，使它准确。

"要在一定时候开它，"母亲告诉我们说，"停久了，就会坏的，你们且搬它到自己的房里去吧，时时看见它就不会忘记了。"

我们依从母亲的话，便把她的时钟搬到了楼上房间里。几个月来，它也很少停止，因为一听到它的敲声的缓慢无力，我们便预先去开足了发条。

但是在母亲去世前的一个月里，我们忽然发现母亲的时钟异样了：明明是才开足二三天，敲声也急促有力，却在我们不注意中停止了。我们起初怀疑没放得平稳，随后以为是孩子们奔跳所震动，可是都不能证实。

不久，姊姊从故乡来了。她听到时钟的变化，便失了色，绝望地摇一摇头，说：

"妈的病不会好了，这是个不吉利的预兆……"

"迷信！"我立刻截断了她的话。

过了几天，我忽然发现时钟又停止了。是在夜里三点钟。早晨我到楼下去看母亲，听见她说话的声音特别低了，问她话老是无力回答。到了下半天，我们都在她床边侍候着，她昏昏沉沉地睡着，很少醒来，我们喊了许久，问她要不要喝水，她微微摇一摇头，非常低声的说：

"不要喊我……"

我们知道她醒来后是感到身体的痛苦的，也就依从着她的话，让她安睡着。这样一直到深夜，我们看见她低声哼着，想转身却转不过来，便喂了她一点点汤水，问她怎样。

"比上半夜难过……"她低声回答我们。

我觉得奇怪，怀疑她昏迷了。我想，现在不就是上半夜吗，她怎么当做了下半夜呢？我连忙走到楼上，却又不禁惊讶起来：原来母亲的时钟已经过了一点钟了。

我不明白，母亲是怎样听见楼上的钟声的。楼下的房子既高，楼板又有二层。自从她的时钟搬到楼上后，她曾好几次问过我们钟点。前后左右的房子空的很多，贴邻的一家，平常又没听见有钟声。附近又没有报时的鸡啼。这一夜母亲的房子里又相当不静寂，姊姊在念经，女工在吹折锡箔，间而夹杂着我们的低语声、走动声。母亲怎样知道现在到了下半夜呢？

是母亲没有忘记时钟吗？是时钟永久跟随着母亲呢？我想问母亲，但是母亲不再说话了。一点多钟以后她闭上了眼睛，正是头一天时钟自动地静默下来的那个时刻。

失却了一位这样的主人，那架古旧的时钟怕是早已感觉到存在的悲苦了吧？唉……

我的母亲 / 邹韬奋

她是一个平凡的母亲，也是被埋没的万千缩影

> 在临终的那一夜，母亲神志非常清楚，
> 忍泪叫着一个一个子女嘱咐一番。她临去最
> 舍不得的就是她这一群的子女。

　　说起我的母亲，我只知道她是"浙江海宁查氏"，至今不知道她有什么名字！这件小事也可表示今昔时代的不同。现在的女子未出嫁的固然很"勇敢"地公开着她的名字，就是出嫁了的，也一样地公开着她的名字。不久以前，出嫁后的女子还大多数要在自己的姓上面加上丈夫的姓；通常人们的姓名只有三个字，嫁后女子的姓名往往有四个字。在我年幼的时候，知道担任商务印书馆出版的《妇女杂志》笔政的朱胡彬夏，在当时算是有革命性的"前进的"女子了，她反抗了家里替她订的旧式婚姻，以致她的顽固的叔父宣言要用手枪打死她，但是她却仍在"胡"字上面加着一个"朱"字！近来的女子就有很多在嫁后仍只由自己的姓名，不加不减。这意义表示女子渐渐地有着她们自己的独立的地位，不是属于任何人所有的了。但是在我的母亲的时代，不但不能学"朱胡彬夏"的用法，简直根本就好像

没有名字！我说"好像"，因为那时的女子也未尝没有名字，但在实际上似乎就用不着。像我的母亲，我听见她的娘家的人们叫她做"十六小姐"，男家大家族里的人们叫她做"十四少奶"，后来我的父亲做了官，人们便叫她做"太太"，始终没有用她自己名字的机会！我觉得这种情形也可以暗示妇女在封建社会里所处的地位。

我的母亲在我十三岁的时候就去世了。我生的那一年是在九月里生的，她死的那一年是在五月里死的，所以我们母子两人在实际上相聚的时候只有十一年零九个月。我在这篇文里对于母亲的零星追忆，只是这十一年里的前尘影事。

我现在所能记得的最初对于母亲的印象，大约在两三岁的时候。我记得有一天夜里，我独自一人睡在床上，由梦里醒来，朦胧中睁开眼睛，模糊中看见由垂着的帐门射进来的微微的灯光。在这微微的灯光里瞥见一个青年妇人拉开帐门，微笑着把我抱起来。她嘴里叫我什么，并对我说了什么，现在都记不清了，只记得她把我负在她的背上，跑到一个灯光灿烂人影憧憧往来的大客厅里，走来走去"巡阅"着。大概是元宵吧，这大客厅里除有不少成人谈笑着外，有二三十个孩童提着各色各样的纸灯，里面燃着蜡烛，三五成群地跑着玩。我此时伏在母亲的背上，半醒半睡似的微张着眼看这个，望那个。那时我的父亲还在和祖父同住，过着"少爷"的生活；父亲有十来个弟兄，有好几个都结了婚，所以这大家族里有着这么多的孩子。母亲也做了这大家族里的一分子。她十五岁就出嫁，十六岁那年养我，这个时候才十七八岁。我由现在追想当时伏在她的背上睡眼惺忪所见着的她的容态，还感觉到她的活泼的欢悦的柔和的青春的美。我生平所见过的女子，我的母亲是最美的一个，就是当时伏在母亲背上的我，也能觉到在那个大客厅里许多妇女里面，没有一个及得到母亲的可爱。我现在想来，大概在我睡在房里的时候，母亲看见许多孩子玩灯热闹，便想起了我，也许蹑手蹑脚到我床前看了好几次，见我醒了，便负我出去一饱眼福。这是我对母亲最初的感觉，虽则在当时的幼稚脑袋里当然不知道什么叫做母爱。

后来祖父年老告退，父亲自己带着家眷在福州做候补官。我当时大概有了五六岁，比我小两岁的二弟已生了。家里除父亲母亲和这个小弟弟外，只有母亲由娘家带来的一个青年女仆，名叫妹仔。"做官"似乎怪好听，但是当时父亲赤手空拳出来做官，家里一贫如洗。我还记得，父亲一天到晚不在家里，大概是到"官场"里"应酬"去了，家里没有米下锅；妹仔替我们到附近施米给穷人的一个大庙里去领"仓米"，要先在庙前人山人海里面拥挤着领到竹签，然后拿着竹签再从挤得水泄不通的人群中，带着粗布袋挤到里面去领米；母亲在家里横抱着哭涕着的二弟踱来踱去，我在旁坐在一把小椅上呆呆地望着母亲，当时不知道这就是穷的景象，只诧异着母亲的脸何以那样苍白，她那样静寂无语地好像有着满腔无处诉的心事。妹仔和母亲非常亲热，她们竟好像母女，共患难，直到母亲病得将死的时候，她还是不肯离开她，以孝女自居，寝食俱废地照顾着母亲。

母亲喜欢看小说，那些旧小说，她常常把所看的内容讲给妹仔听。她讲得娓娓动听，妹仔听着忽而笑容满面，忽而愁眉双锁。章回的长篇小说一下讲不完，妹仔就很焦急地等着母亲再看下去，看后再讲给她听。往往讲到孤女患难，或义妇含冤的凄惨的情形，她两人便都热泪盈眶，泪珠尽往颊上涌流着。那时的我立在旁边瞧着，莫名其妙，心里不明白她们为什么那样无缘无故地挥泪痛哭一顿，和在上面看到穷的景象一样地不明白其所以然。现在想来，才感觉到母亲的情感的丰富，并觉得她的讲故事能那样地感动着妹仔，如果母亲生在现在，有机会把自己造成一个教员，必可成为一个循循善诱的良师。

我六岁的时候，由父亲自己为我"发蒙"（指儿童开始入学），读的是《三字经》，第一天上的课是"人之初，性本善；性相近，习相远。"有点儿莫名其妙！一个人坐在一个小客厅的炕床上"朗诵"了半天，苦不堪言！母亲觉得非请一位"西席"老夫子不可，否则总教不好，所以家里虽一贫如洗，情愿节衣缩食，把省下的钱请一位老夫子。说来可笑，第一个请来的这位老夫子，每月束脩只须四块大洋（当然供膳宿），虽则这四块大洋，在母亲已是一件很费筹措的事情。我到十岁的时候，读的是"孟子见梁惠王"，教师的每月束脩已加到十二元，算增加了三倍。到年底的时候，父亲要"清算"我平日的功课，在夜里亲自听我背书，很严厉，桌上放着一根两指阔的竹板。我的背向着他立着背书，背不出的时候，他提一个字，就叫我回转身来把手掌展放在桌上，他拿起这根竹板很重地打下来。我吃了这一下苦头，痛是血肉的身体所无法避免的感觉，当然失声地哭了，但是还要忍住哭，回过身去再背。不幸又有一处中断，背不下去，经他再提一字，再打一下。呜呜咽咽地背着那位前世冤家的"见梁惠王"的"孟子"！我自己呜咽着背，同时听得见坐在旁边缝纫着的母亲也唏唏嘘嘘地泪如泉涌地哭着。我心里知道她见我被打，她也觉得好像刺心的痛苦，和我表着十二分的同情，但她却时时从呜咽着的断断续续的声音里勉强说着"打得好"！她的饮泣吞声，为的是爱她的儿子；勉强硬着头皮说声"打得好"，为的是希望她的儿子上进。由现在看来，这样的教育方法真是野蛮之至！但是我不敢怪我的母亲，因为那个时候就只有这样野蛮的教育法；如今想起母亲见我被打，陪着我一同哭，那样的母爱，仍然使我感念着我的慈爱的母亲。背完了半本"梁惠王"，右手掌打得发肿有半寸高，偷向灯光中一照，通亮，好像满肚子装着已成熟的丝的蚕身一样。母亲含着泪抱我上床，轻轻把被窝盖上，向我额上吻了几吻。

当我八岁的时候，二弟六岁，还有一个妹妹三岁。三个人的衣服鞋袜，没有一件不是母亲自己做的。她还时常收到一些外面的女工来做，所以很忙。我在七八岁时，看见母亲那样辛苦，心里已知道感觉不安。记得有一个夏天的深夜，我忽然从睡梦中醒了起来，因为我的床背就紧接着母亲的床背，所以从帐里望得见母亲独自一人在灯下做鞋底，我心里又想起母亲的劳苦，辗转反侧睡不着，很想起来陪陪母亲。但是小孩子深夜不好好的睡，是要受到大人的责备的，就说是要起来陪陪母亲，一定也要被申斥几句，万不会被准许的（这至少是当时我的心理），于是想出一个借口来试试看，便叫声母亲，说太热睡不着，要起来坐一会儿。出乎我意料的，母亲居然许我起来坐在她的身边。我眼巴巴地望着她额上的汗珠往下流，手上一针不停地做着布鞋——做给我穿的。这时万籁俱寂，只听到滴答的钟声，和可以微闻得到的母亲的呼吸。我心里暗自想念着，为着我要穿鞋，累母亲深夜工作不休，心上感到说不出的歉疚，又感到坐着陪陪母亲，似乎可以减轻些心里的不安成分。当时一肚子里充满着这些心事，却不敢对母亲说出一句。才坐了一会儿，又被母亲赶上床去睡觉，她说小孩子不好好的睡，起来干什么！现在我的母亲不在了，她始终不知道她这个小儿子心里有过这样的一段不敢说出的心理状态。

母亲死的时候才二十九岁，留下了三男三女。在临终的那一夜，她神志非常清楚，忍泪叫着一个一个子女嘱咐一番。她临去最舍不得的就是她这一群的子女。

我的母亲只是一个平凡的母亲，但是我觉得她的可爱的性格，她的努力的精神，她的能干的才具，都埋没在封建社会的一个家族里，都葬送在没有什么意义的事务上，否则她一定可以成为社会上一个更有贡献的分子。我也觉得，像我的母亲这样被埋没葬送掉的女子不知有多少！

疲倦的母亲 / 许地山

我都见过，都听过，都知道了，就让我歇一歇吧

车中的人，除那孩子和一二个旅客以外，
少有不像他母亲那么酣睡的。

那边一个孩子靠近车窗坐着，远山，近水，一幅一幅，次第嵌入窗户，射到他的眼中。他手画着，口中还咿咿呀呀地唱些没字曲。

在他身边坐着一个中年妇人，低着头瞌睡。孩子转过脸来，摇了她几下，说："妈妈，你看看，外面那座山很像我家门前的呢。"

母亲举起头来，把眼略睁一睁，没有出声，又支着颊睡去。

过一会，孩子又摇她，说："妈妈，不要睡罢，看睡出病来了。你且睁一睁眼看看外面八哥和牛打架呢。"

母亲把眼略略睁开，轻轻打了孩子一下，没有做声，支着头又睡去。

孩子鼓着腮，很不高兴。但过一会，他又唱起来了。

"妈妈，听我唱歌罢。"孩子对着她说了，又摇她几下。

母亲带着不喜欢的样子说："你闹什么？我都见过，都听过，都知道了；

你不知道我很疲乏，不容我歇一下么?"

孩子说:"我们是一起出来的，怎么我还顶精神，你就疲乏起来? 难道大人不如孩子么?"

车还在深林平畴之间穿行着。车中的人，除那孩子和一二个旅客以外，少有不像他母亲那么酣睡的。

因为她是母亲 / 崔修建

她值得最慷慨的爱的回赠，因为她是母亲

> 因为她是母亲，无论她曾付出了多少，无论她有过怎样的对和错，她都理应得到儿女们最慷慨的爱的回赠。

在他三个月大的时候，他便被母亲扔到了一个无名小镇的候车室里。

是一位年过五旬的清洁工收养了他，家境本来就十分清寒的养母，为了把自小便体弱多病的他拉扯成人，真是吃尽了苦头。有好几次，他差一点点就被病魔夺走了生命，但他最终还是活了下来，并考上了省城的一所大学。后来，他在商海中几经沉浮，终于打出一片灿烂的天地。而曾给予他百般疼爱的养母，却在刚刚看到他成功之时，突发脑溢血猝然离去。

独自的时候，他常常对着养母的遗像，久久地沉默无语，内心汹涌的是无法挥去的巨大伤痛。

养母去世三年后，他开始四处寻找生母。历尽了许多周折，他终于见到了朝思暮想的生母。

此时，干瘦、苍老的生母，已精神失常多年了，已经无法认出他这个突然出现在面前的儿子，只是对着他傻傻地笑，笑得他心痛。她的另一双儿女，也就是他的哥哥姐姐，作为那个偏远小县城郊区普通而穷苦的平民百姓，这些年来的日子一直过得十分艰难，根本没有能力为母亲看病，甚至连母亲简单的生活都照顾不好。

是他的诚恳和坚持，终于说服了哥哥和姐姐等人，让他将母亲接到了省城，并专门为她请了一位全职保姆。他还停下手头的工作，带着母亲辗转了省内外的多家医院，虽然母亲的病情始终依然未见好转，还不知道身边这个对她如此孝敬的男人就是她的亲生儿子，可他仍不愿意放弃继续医治的努力，只要有一线的希望。他常常在互联网上搜寻国内外的类似病例，搜集各种治疗精神疾病的偏方和秘方。渐渐地，谈起精神疾病患者的治疗和护理问题，他竟然说得头头是道，俨然已是这方面的专家。

初秋的一个周末，他牵着母亲的手从江滨广场上走过，一个小女孩手里放飞的漂亮风筝吸引了母亲的目光，她急急地奔过去，吵嚷着要小女孩的风筝。他环顾四周，偏偏这里没有一个卖风筝的。他红着脸，走到小女孩身边，恳请小女孩把风筝借给他母亲放一会儿。玩得正在兴头上的小女孩，看到正朝自己伸手的老太太那直勾勾的眼神，本能地边向后退着边拒绝道："叔叔，我好容易才把风筝放这么高，等我再玩一会儿，才能借给你玩。"

可是，母亲这时却任性得像一个不懂事的孩子，偏偏非要小女孩的风筝，恨不得立刻就拿到手里。他只得满脸堆笑地再次蹲下身来，对着小女孩的耳朵轻声请求道："小朋友，今天是我妈妈的生日，我想让她高兴一回，请你帮我一个忙，好么？"从来不撒谎的他，居然对一位七八岁的小女孩谎称母亲今天过生日，他能明显地感觉到自己脸上的羞愧。

这时，小女孩的母亲从不远处走过来，他又把同样的请求向其重复了一遍。小女孩乖乖地听了母亲的话，将风筝线交到了他的母亲手里，老人便孩子般欢喜地仰望着头顶的风筝，嘴里念叨着别人听不清的话语。他与小女孩的母亲聊了起来，得知他是本市赫赫有名的企业家时，她很惊讶地问他："记得曾读过一篇报道，说您自幼便被生母遗弃，是养母含辛茹苦将你养育成人的，这位是您的养母吗？"

"不，她是我的生母。"他的语气里满是自豪。

"你的生母只是给了你生命，几乎没有给你什么帮助，你能够尽一点孝心就行了，为什么还要这样对她百依百顺呢？何况她现在连您这个儿子都认不出来呢？"年轻的母亲眼里涌起一抹困惑。

"因为她是母亲，养母曾经告诉过我，即使母亲抛弃了我，那也肯定有她的理由。"他的眼里盈满了晴空般的真诚，"而作为儿子，我必须给母亲最多的爱。"

"因为她是母亲"，年轻的母亲把这句话又默默地重复了两遍，心底涌起一股暖流，一如秋日的阳光温暖地拂过。蓦然，她将小女孩紧紧搂在怀里，敬慕的目光投向身旁这位跟着母亲亦喜亦忧的他。

因为她是母亲，无论她曾付出了多少，无论她有过怎样的对和错，她都理应得到儿女们最慷慨的爱的回赠。

避无可避是老娘 / 刘诚龙

与全世界都隔绝了，与老娘隔绝不了

> 避阳一个多月，什么都没有发现，就发现了一个现象，世界都可以避，就是老娘避不了。

我现在见不得人。以前干过很多坏事，被老师捉起，脑壳勾到桌子底下去了，然则焉，不敢见人只是一瞬，下课铃响，羞耻感丧失殆尽，又干坏事去了；小学阶段，我的日子在不敢见人与又干坏事中起落。太阳公公的头是升起又落下，无限循环，鬼崽子我的头是勾下又抬起，不断往复。

这回真见不得人了，自关禁闭，一月有余，不敢见人，连婆娘都不敢见。听说二阳又来了，闻风丧胆，如惊弓之鸟往老家躲，躲进茅屋成一统，不管婆娘与老娘。一阳害得老夫差点没命，尚没恢复，二阳又来，把人骇死。兄弟笑我齿缺曰：你也太贪生怕死。说此话者，非我知音。某大臣犯犯颜之罪，宋帝某判他二十板屁股，大臣喂喂大叫，绑赴殿外行刑，未几，行刑手报告宋帝某，曰罪犯不要笞刑要死刑，宋帝某再批：别理他，这厮是怕疼。兄弟我躲山沟沟去，不是贪生怕死，是贪生怕活。若二阳染上，又去医院，烦死人，抽血疼死人。

回来跟老弟与老娘说了，都不要来我房间，有鸡有鸭，送到楼上即可，不要喊我共进午餐，老弟说晓得了，老娘说：没犯么子事吧，没跟她吵架吧。老娘八十过五，耳朵有点背，我骂架般说：怕新冠，怕染上。老娘说晓得了晓得了。老娘去年近腊月，一脚摔了个大骨折，好是好了，走平路还可以，爬楼梯蛮难，年底，也得过新冠，回阳倒是蛮快，劳动人民真是身体好，八十多岁的老娘比我更能抗命运。

一个人在楼上多是发呆，睡觉，睡觉，发呆，书也懒得看，有些恨书了，书把我这个壮实汉子，搞成了书生体质，谁还读它。姐妹想来看看我，一概回绝，要送茄子辣椒，可以，送到楼下某处，我来拿。以前还喜欢晨起散个步，晚饭后遛个弯，也不了；发小故旧无人知我回来了，也就不来鄙处闲聊。古之淑女，他锁在深闺，古之烈女，自锁在深闺，要绣个手帕，要吟个闺愁，方可打发日子，闺男我什么都不做，亦怡然日升月落，无数次反复。淑女烈女，我是没资格评，闺男伪娘，若有评选指标，我足可申请。

百山丛中山见山，一楼内外我见我。所有社交几社死，顶多开微信，到群里去偶放厥词，这不在防新冠手册中，对门山上喊对门山上，专家说没问题；一个世界跟另一个世界扯些乱弹，更无问题。诸多人都避了，老娘硬是避不开。老娘下面喊：平宝，清早抓了把四季豆，下来拿。我在楼上大声应：好咧好咧，过下就来。没过一下，老娘过来了，持一把滴露的四季豆，见我拉起窗帘眯着：崽，打开门窗咯。

煮饭不是难堪日，洗碗方为大问题，在堂客的训导下，在同学的嘲笑下，鄙人思想进步很大，树立了一些劳动观念，常常做些家务，买米煮饭，买蔬炒菜，打扫不了天下，偶尔也打扫一屋，只是两样不干，一者洗衣，二者洗碗。避阳岁月，这事无解。洗衣好解，丢洗衣机便是；洗碗难解，婆娘电话说，最易解，吃一次洗一次，自己吃饭，自己洗碗，自己事情自己干，才是好汉。一次一次洗，麻烦死了，还剩很多碗。

老娘说中午给我送饭来。我大喊大叫，莫送莫送，我蒸了饭，是真的蒸饭了，昨日晚餐多抓了两抓米，留今日中午用。以为老娘信了，日近午，老娘戳起根拐杖，笃笃笃上了楼来，打开房门大喊：饭来了，要多吃点饭咯。我说真有饭，老娘掀开电压锅：莫吃剩饭。老娘天天都吃剩饭，叫我莫吃剩饭。老娘怕我再吃，柜里寻碗，盛去电饭锅的剩饭喂鸡。往碗柜边一走，看到了成堆的脏碗，横七竖八，乱摆乱叠，我赶紧走去：我来我来，我的碗，我晓得洗。老娘肩膀把我拱开：你晓得个鬼，从来不洗碗的。

去年，身体好好的，待在城里万事烦，一回老家百事轻，放肆睡觉，太阳日高起，老娘笃笃笃，拄着棍子，给我送了一碗饭吃来，惭愧加小感，写了四句七言的打油诗发群里，写的是什么，也记不得了。许久没谁@我，晚饭时分，一个老大姐给我私信，将我臭骂一顿：日照三竿鸾凤颠，八旬老母送早餐，爬楼拍门震村里，小子巨婴若等闲。这可把我吓得要命。羞得两三天都不敢看群。

侄子女朋友来玩了，老娘叫我下去一起吃饭，不敢，一月修行，一餐饭破了，不敢。老娘下面喊：中午莫煮饭了，给你送来。我也大应：莫送，放到门口，我来拿。省煮一餐饭，此事真快哉。放心在沙发上睡，梦里梦冲，听到棍子扣楼板响，睁眼，老娘端一碗饭到了面前：趁热吃，碗底下是你喜欢的干鱼仔炒青辣椒。半推半就，没讲客气，独自吃了，目送老娘扶杖又扶栏，下了楼去。早吃早休息，去床上休息，世界将我遗弃，我不能遗弃世界，翻了些微信，群里乱窜。窜得头晕，昏昏欲睡，老娘又来了，这回送的是玉米煮排骨，非要送到面前来。

避阳一个多月，什么都没有发现，就发现了一个现象，世界都可以避，就是老娘避不了，饭吃了，碗洗了，觉得无甚事，无须老娘来照拂，静坐阳台，猛然转身，老娘站在身后：没看到你下楼，怕你有么子。下楼吧，坐桂花树下，看包谷拔节，看黄蜂采蜜，看蚯蚓捉天（下雨前兆），老娘见着了吧。老娘中午又上来了：看你到底吃了多少饭。老娘上楼理由蛮多，小妹托人送来枇杷，冷不防老娘送来；翻箱倒柜，寻到饼干、藕粉，说都不说，送上楼来。

与世界都是全隔绝了，与老娘硬是隔绝不了。

撒落在心里永远的麦香 / 张从辉

母亲说：我只喜欢做，不喜欢吃。其实只是舍不得

看着母亲吃得津津有味的样子，我终于
弄懂了小时候很多的不理解，不明白的事。

立夏一到，我仿佛又闻到麦香。

南方的小麦成熟始终要比北方早一些，当北方"小满小满，麦粒渐满"的时候，南方的麦子已抢收完了。

"麦子不吃立夏水。"记得小时候，立夏刚过，母亲就会提醒我们抢收麦子。因为按照农村人的话说：季节不等人。

在朦胧的记忆里，麦收季节，那是一个充满了丰收和希望的季节，印象最深和最先熟悉的就是那条带着田间泥土芬芳和浓浓麦香的小道了，我们总是跟在父母的后面，学着他们的样子，拿上一把割麦用的镰刀，然后带着大人才能戴的盖过头顶的草帽。迎着那被太阳炙烤过的风，任它热烘烘地吹拂着嘀嗒着汗水的脸庞，在一阵阵麦浪的翻滚中，一不小心，盖过脸的草帽就会飞起来，露出自己挂满了汗水的红扑扑的脸蛋。

"哦豁，帽子又吹落了!"

大家嘻嘻哈哈起来，大家早已忘记了劳动的辛苦，流露出的更多的是丰收的喜悦。

开始收割了，父母却不着急了，好像是在举行一个仪式，他们将脸慢慢靠近麦浪，轻轻嗅着麦秆上泛着麦香的青草味，然后随手捋下一粒麦田里的大麦穗，在手心里轻轻揉搓，再吹去麦芒。看着手心里露出几颗或者十几颗胖嘟嘟的麦粒来，他们放在嘴里细细嚼着。

我们也学着父母的样子，将麦穗里搓出来的麦粒放在嘴里咀嚼，却没有父母吃在嘴里那样的满口生香的感觉，心里迫切期待的是麦粒晒干后，母亲亲手做的手工蒸麦粑。

别小看这手工蒸麦粑，在上世纪八十年代，因家家户户都不富裕，能吃上它也算是有些奢侈了。

在我们乡下，我们给这手工蒸麦粑还取了一个很好听的名字，叫它"发麦粑"，至于为什么要取这个名字，我想主要原因还是它是发酵了的麦粑吧。

做发麦粑是比较麻烦的，工序较多，首先将晒干的麦粒用手推的石磨子碾成面粉末，碾一次是不行的，要翻来覆去碾上好几回，直到碾细为止。因为碾麦面非常耽搁时间，母亲怕耽误农忙，也怕影响我们睡觉，总是等我们熟睡过后才起来推磨。

等麦面磨好后，母亲就会取一小撮麦面粉放在碗里，倒入少许水将面粉调成糊糊状，然后用湿帕子捂起来，等着它发酵，我们都称为酵头，发酵头是非常有讲究的，温度高了和低了都是不行的，当酵头开始起泡，闻着有一股酸香的味道时，就可以用了，一般要两到三天。所以，要吃上又酥又甜的发麦粑的话，那是要等上两三天的。

要说做发麦粑，母亲可是把好手，她做出来的发麦粑又酥又甜，还非常有筋道。母亲常常对我们说，做发麦粑除了酵头好，和面要更有耐心，将麦面使劲揉，一直要揉到有筋道才行。

我们家人多，虽然蒸笼比较大，每蒸笼能蒸二十来个，但每次要蒸上两三蒸笼才够吃。第一蒸笼是上不了桌子的，大家你一个我一个就抢光了，这个时候母亲却不吃，还一个劲地笑着说："我只喜欢做，不喜欢吃。"我们就是这样吃着母亲的发麦粑长大的。

这些年，也许是土质和品种的原因，又或是气候的原因，老家几乎没再种小麦了。现在母亲老了，腿脚也有些不灵便，我们把她接到城里居住。每每听到楼下有小商贩卖手工馒头的声音，母亲总要提醒我买些回来。母亲一边吃一边慨叹："这手工馒头就是比我们那个时候做的发麦粑精细多咯，又白又酥。"她还一个劲地叫我们也跟着吃，可我们吃起来始终没有小时候母亲做的发麦粑那么好吃，那么实在，更没有了那种麦香的味道。

看着母亲吃得津津有味的样子，我终于弄懂了小时候很多的不理解，不明白的事。母亲哪里是"我只喜欢做，不喜欢吃"，其实那是她舍不得吃。就像我们小时候一直不理解父母为什么每天都起得那么早一样，原来叫醒他们的不是鸡鸣，更不是闹钟，而是生活的一种责任，更是一种无私的爱。

母亲做的发麦粑，那是撒落在我们心里永远的麦香。

母亲的小纸片 / 鲁小莫

母亲说：书本上，有我娃写的字哩

> 母亲的纸片，正是他要的。纸片平平整整，连一丝折皱都没有。妻抱住母亲，喜极而泣。

从小到大，他是母亲的骄傲。从上小学起，他每年捧回一张奖状。这时候，母亲常年被劳累折磨的脸上，难得地露出一笑。她用粗糙的手，一遍遍摸着奖状上他的名字，眼里有泪花闪动。

高中毕业后，他不但顺利考上大学，还得了个全县第一名。那段时间，他家里热闹极了。亲戚朋友都来祝贺，连平日里严肃的村长，也背着手来走一趟。母亲乐得合不拢嘴。可一天夜里，他听见母亲轻轻地叹息，他知道，母亲在为他的学费发愁。

第二天，他将几年来所有的书本收拾起来，整整装了三麻袋。他要送到废品站去卖钱。母亲看着大麻袋，用手不舍地摸挲。她说：书本上，有我娃写的字哩。他忍不住笑了，说：您想看我写的字，以后有的是机会，我会经常写信的。

他其实并没有经常写信。母亲斗大的字不识一个，每次来信，还要请别人念。大学生活新鲜有趣，与母亲的生活相差很远，说与她听，她未必能懂。况且，他忙碌得很，一边学习，一边打工，他尽量少给家里增添负担。

　　大学毕业后，他在省城找到一份工作。然后，恋爱，结婚。那年年底，他得了一大笔奖金，他给家里寄回一些，并在汇款单上留言：装部电话吧。

　　电话装好，母亲第一个打给他。母亲扯着嗓子喊：娃呀，家里都好，你不用惦记。他说：您说话的声音，北山上也听得见呢。母亲不好意思笑了，他也笑，说：以后我会经常给您打电话的。

　　他其实并没有经常打电话。白天，他是忙碌的，稍有闲暇，拨家里的号码，电话总是没有人接。父母正在山里干活呢。晚上他也忙。他在酒桌上陪领导，陪朋友。那天，他陪客户吃饭。席间，他幽默活跃，说着字正腔圆的普通话。一桌子人笑声朗朗。母亲的电话在这时候打来，他对着电话问：妈，您有事？依然是字正腔圆的普通话。母亲扯着嗓子喊：娃，你说的啥？妈不懂。他有些尴尬，问：您有事？这回母亲听懂了，说：也没啥事，家里的猪下仔了。他不好意思地对客户笑笑，匆匆收了电话。从那以后，母亲也很少打电话来。

　　母亲再次打电话，是在他出了乱子之后。他因为表现出色，职位一路攀升。正当春风得意之际，有人举报：他私挪公款。唯一能证明他清白的，是两年前的一张报销单。那天，他将书架上所有的书搬下来，一本一本翻找。老鼠一样伏进抽屉里，一个角落也不放过。还是找不到那张报销单。他满头大汗，心烦意乱。母亲的电话在这时候打进来。他皱皱眉头，不接。电话却仿佛较了劲，响个不停。这几天，母亲的眼皮跳个不停，生怕儿子出事。电话越不接，母亲越拼命地拨号。他只好把电话给妻。妻说：妈，您有事？母亲舒出一口气，说：没啥事，你们都好吧？母亲的口气让妻落了泪，她说：不好呢，他被人举报，正在找一张单子。说完又觉得不妥，只好补充：

也没啥事，等单子找到了，再给您打电话。遂扣了电话。他瞪一眼妻，将手机关了。

晚上，他倒在床上，顺手开了手机。他的心里沮丧极了。报销单找不到，不但几年的努力，毁于一旦，而且还会有牢狱之灾。

电话铃声在他开机的一瞬响起。又是母亲的号码。他鼻子一酸，接通电话。母亲焦急的声音传来：娃呀，妈这里有一张单子，不知是不是你找的那个。他"蹭"地坐直身子，问：您怎么会有我的单子？母亲说：你忘了，两年前你回家过春节，你一边跟妈说话，一边整理钱夹子，把一些不要的纸片扔了，妈收拾了一张，夹在书里。

他和妻连夜坐上火车，赶回老家。母亲的纸片，正是他要的。纸片平平整整，连一丝折皱都没有。妻抱住母亲，喜极而泣。他的嗓子也哽咽着，心里却有诸多疑惑。他隐约记得当时他扔掉许多纸片，有一些是超市的购物小票，母亲斗大的字不识一个，怎么专知道收藏起这一张呢？他问母亲。母亲将一下耳边的白发，摇摇头，说：妈不知道哪张有用，妈只是看见这一张上面，有你写的名字，妈实在想你的时候，就拿出来，看看我娃写的字。

他愣住。继而，抱紧母亲，泪如雨下。

谁为你长夜不眠 / 周海亮

孩子只一声叹息，母亲便在冬夜里守候

> 他有什么事，能瞒过敏感的母亲呢？只
> 需他的一声叹息，母亲便能够准确地猜到他
> 的处境了。

朋友的生意，突然遭受到灭顶之灾。他试图挽救，反复多次，结果欠下更多的债。当债主们几乎将公司的门槛踏平，心灰意冷的朋友，决定躲回乡下。

乡下是朋友的老家。那里有他七十多岁的老母亲。

躲在乡下的朋友，似一只不安且绝望的老鼠。他每天上午去村尾的河边发呆，下午和老家一个同样失意的朋友在客厅里喝酒。那是接近于真正的"喝酒"，两个人几乎不说一句话，只是往嘴里灌酒。偶尔说两句，也是鸡毛蒜皮，不着边际。晚上，他就把自己关在卧室里，继续喝酒或者蒙头大睡。他很少和自己的母亲说话。他发现母亲好像总是很困，他和朋友喝酒的时候，母亲总是在房间里睡觉。有时母亲在凳子上坐着，也会倚着墙

睡过去。也难怪，母亲已经到了这样的年纪。

他不敢把生意赔钱的事告诉母亲。他不想年迈的母亲为他担忧。他只是对母亲说，累了，想回来休息几天。

朋友真的很累。他甚至想，或许自己会彻底放弃以前的事业，就这样躲在乡下，过一辈子。

朋友在老家，住了两个月。正是冬天，老屋里潮湿阴冷。有时他坐在客厅抽烟，会发觉母亲在一旁静静地看他。他把目光迎上去，母亲就笑笑说，你没事吧，他说没事，母亲便不再说话。他发现，母亲眼里，露出一丝难以掩饰的焦虑和不安。

那天朋友又一次喝多了酒，晚上起夜，怕惊动隔壁房间的母亲，便蹑手蹑脚披了衣服，没有开灯。当他推开卧室的门，一下子便愣在那里。他发现，客厅的长凳上正坐着自己年迈的母亲，披一条毛毯，被苍白的月光照着，正瑟瑟发抖。

他开了灯，问母亲，您这是干嘛呢?

母亲说，没事……睡不着，想些事情。

朋友告诉我，那天他一夜未眠。他隐约感觉，母亲肯定有事。

第二天，在朋友的追问下，母亲才极不情愿地告诉他，她想看着他，她怕他出事。

母亲说，你十八岁的时候，失恋了。那次你拿了刀子，狠命地划自己的手腕，记不记得?

朋友当然记得。的确，他曾经闹剧般地自杀过，为一个女孩。他一直把那次自杀事件，当成自己年幼无知的冲动。

可是，事情已经过去了这么久……

母亲说，生活不顺心吧? 你回来，我知道你肯定有事。……欠别人钱了? ……不怕，多大点事……

朋友告诉我，那一刻，他的眼泪夺眶而出。是啊，他有什么事，能瞒过敏感的母亲呢？这世上又有谁，能像母亲一样了解他呢？其实，只需他的一声叹息，母亲便能够准确地猜到他的处境了。

而年迈的母亲怕他干出傻事，竟然在漫长的冬夜，在阴冷的客厅，偷偷守护了他两个月！两个月，母亲竟没有在任何一个夜里睡过一分钟的觉！

第二天朋友离开了老家。临行前，他拥抱了自己七十多岁的老母亲。朋友告诉我，那是他第一次拥抱母亲。

现在，朋友的公司仍然不景气，债也仍然没有还完。但他告诉我，他每一天，都在努力。除了成功，他别无选择。

他告诉我，其实，出人头地、衣锦还乡、体现价值、实现理想，这些都成为次要。之所以拼命工作，之所以一定要成功，只因为，他想让自己的白发亲娘，在每一个夜里，都能睡一个好觉。

由爱来成就 / 鲁小莫

我请母亲吃饭！—— 一生中值得倍感欣慰的时刻

> 由爱来成就，事业便有了飞翔的翅膀。
> 人生价值融入爱，才会发出最美的五彩之光。

　　和朋友们一起吃饭。席间，有一位年轻的企业家。有人问他，让你感到欣慰的一件事是什么？他对着满桌佳肴，想了想，微笑地讲了自己的故事。

　　他刚来城里打拼的时候，很贫困。有一次母亲来看他。他陪着母亲在大街上走走。路过一家饭店时，正值中午，饭店里的香味氤氲地飘出来。他的肚子不失时机地狂叫。他看了一眼母亲。母亲的眼神正飘向饭店里。巨大的落地玻璃窗里，很多人正在就餐。母亲的眼神，有好奇，还有羡慕。他的心被刺痛一下。回到家，母亲做了两大碗面条，他狼吞虎咽地吃，心想，一定要有钱，请母亲去饭店里吃一顿。

　　几年过去，母亲再到城里。他说什么也要请母亲去饭店。母亲百般推辞，一会说饭店里的饭菜不干净，一会又说自己不喜欢在外面吃饭。他知道母亲只是不舍得花钱罢了。他硬拉着母亲进饭店，安排她坐好，自己直奔前台点菜。他不想让母亲看到菜价。他对着菜单琢磨半天，他的兜里装着几个月来省下的钱。他一共点了四样菜。母亲小心地询问每道菜的价格。他说，这个两元，这个三元……母亲吁出一口气，又说，两元也贵，两元钱，能买多少菠菜！这话说得他有点心酸。让他更心酸的是，他点的菜，并不适合母亲。母亲的牙齿嚼不烂牛百叶，麻辣鱿鱼根本不合乎母亲的口味。他的心里难过了。他想，一定要有足够的钱，让母亲大大方方地点自己喜欢的饭菜。

再过若干年，他终于不再是那个拮据的小伙子了。虽然没有富甲一方，但手头上已宽绰有余。他开车拉母亲去饭店，选一个舒适的房间，把菜单递给她。眉眼舒展的母亲，终于可以坦然地面对菜单上的价格了。只是那些菜名搞得母亲一头雾水。他一样一样地讲给母亲听。母亲点完菜，仍不忘了补充一句：这顿饭钱，够我卖一头猪了。母子俩开心地谈笑。母亲尝尝这菜，说好吃，又尝尝那菜，也说好吃。他的心里快乐极了。

末了，朋友说，这件事，让我倍感欣慰。

朋友的话让我们一愣。本以为他会回答，让他欣慰的事是事业的成功，人生价值的实现。旋即，我又释然。一个人仅有事业的成功是不够的。由爱来成就，事业便有了飞翔的翅膀。人生价值融入爱，才会发出最美的五彩之光。

母爱如花 / 周海亮

母亲挤着公交车来，只为给女儿补一把伞

> 现在伞花上盛开着另一朵花，那朵花张扬，那朵花属于母亲的女儿，更属于母亲自己。

夏日里纵是上午，阳光也如火般炽热，于是，大街上便有了流动的伞。伞盛开成花，再簇拥成团，将夏日的街道，变得姹紫嫣红。

她撑一把伞急急地走。收了伞挤公交车，下了车再把伞打开，伞为她在夏日，制造出一小片阴凉。是一条最繁华最拥挤的街道，伞们彼此相碰，又不时碰上路边的广告牌。

所以女人没有察觉，她的伞破了一个洞。

洞也许早就有了，也许只是刚才。椭圆形，不大，刚刚能够透过硬币大小一点阳光。女人在办公室里发现了这个洞，撇撇嘴，想，该买一把新伞了。

然后，工作，直到中午。

午饭后她给母亲打了个电话，叮嘱母亲不要忘记按时吃药。近来母亲的健忘症变得严重，她总是忘记按时吃药，吃完了，又会忘记到底有没有吃过。挂断电话以前，她顺便告诉母亲，出门时带的那把伞，破了个小洞。

破了个洞？

是。很小一个洞。这样正好可以再买一把新伞。

哦。母亲说，可是你傍晚回家的时候，太阳会晒到你的。

她笑了。小时候越是夏天，她越是喜欢在外面疯跑。太阳把身体烤得汗浸浸的，将皮肤晒得黑里透红——她喜欢那种无拘无束的感觉。现在呢？现在她成为女人，一切都变得不同。可是不过硬币大小一个洞，有什么大不了呢？她认为母亲有些太过夸张。人到了一定的年龄，就会变得唠叨，就会把一些无关紧要的事情，看得比什么都重。

可是下午，母亲却来到她的办公室。

母亲是挤公交车来的，说要去老年人舞蹈协会领一个什么证，顺便来看看她。说话时母亲脸上流着汗，皱纹里亮晶晶一片。她给母亲搬了椅子，又跑到饮水机前为母亲打水。母亲接过水杯，问她，那把伞呢？

她问，您找那把伞干什么？

母亲说，给你补一补。免得下班回家时……

您是说补伞？她惊愕。

前几天看电视，说紫外线能致癌呢……我带着针和线来。还有老花镜。还有顶针……

可是补伞……

没关系我不会打扰你们的。母亲笑笑说，你们忙你们的，我在走廊里补就行……光线还好一些……空气也好。

然后，母亲真的在走廊里为她补那把伞。连吃药都会忘记的母亲，却没有忘记炽热的阳光，没有忘记紫外线，没有忘记一个硬币大小的洞，没有忘记她的针，她的线，她的顶针，她的老花镜……她挤了公交车来，只为给女儿补一把伞，只为不让那硬币大小的一点阳光晒到女儿……她把布块剪成一朵花的样子，又在周围添上绿色清凉的叶子。那个下午，老花镜的后面，始终有一双聚精会神的眼睛。

所有的同事都被感动。他们小心翼翼地走路，生怕惊扰了补伞的母亲。现在伞花上盛开着另一朵花，那朵花张扬，骄傲，不让伞下的人受到一丝一毫的侵犯。那朵花属于母亲的女儿，更属于母亲自己。

谁说母爱只能是千层底布鞋，只能是一碗鸡汤，只能是简单的问候或者关切的眼神？有时候，母爱也会变成花朵，鲜艳绚丽，阳光下烂漫地开放。

最美的毛衣 / 虞燕

这世间最美的毛衣，一针一线都是母亲的爱

> 那些毛衣里，每一针都织进了母亲的爱
> 和巧心思，每一件都绝无仅有，是世间最美
> 的毛衣。

自小爱看母亲织毛衣，她的右手小拇指随意缠一圈毛线，微翘着，食指轻挑起毛线，忽前忽后地绕于棒针上，轻盈、迅疾，看得人眼花，左手稳稳捏住另一根棒针，持续将线圈往前推。起针、上针、下针、滑针、锁针……母亲的手指与棒针相辅相成，默契十足，织起来如行云流水，看着就是一种享受。

儿时，家里因盖房欠债，生活拮据，少有余钱给我添新衣，但母亲会想法子。

母亲拆了自己那件毛衣，赭红色的。它有点神秘，一直叠得整整齐齐，珍藏于衣橱，未见母亲穿过。拆之前，母亲将毛衣摊于膝盖上，轻柔地抚摸了好几遍。拆出来的毛线弯弯扭扭，方便面似的，得用开水泡直，晾干，

再编织。后来，我穿上了一套赭红色的毛衣毛裤，小毛衣的领子镶了细细的白色条纹，别致、秀气，母亲将我抱起，走到镜子前："瞧瞧，多像个洋娃娃。"后听父亲说起，赭红色毛衣母亲只在结婚当日穿了一下，平日里可舍不得。

父亲单位发了几双白色棉纱手套，母亲又动起了心思。她开始拆手套了，白色棉纱线被一点一点抽出来，断了，便接上，而后，将其放入热水翻滚的铁锅里。那是一锅加了染布粉的水，母亲用筷子把棉纱线拨来搅去，像在煮面条，浅黄色的气体慢慢氤氲开来。这个过程犹如变魔法，明明放进去的是白色的线，捞出来却是嫩黄色了，实在神奇。母亲借了一本编织书，翻看后选定了花样，白天活多，她只能利用晚上时间争分夺秒地织。有时我一觉醒来，母亲坐于床边，正低头织得认真，美孚灯的昏暗灯光笼着她，墙上的那个影子模糊却笃定。夜里静寂，棒针相碰的细小声音钻进了我的耳朵，听着听着，我又睡着了。

没过多久，我便拥有了一件嫩黄色的毛衣，严格地说，是棉纱线织的衣，不是毛线，但丝毫不影响它的美，一丛一丛镂空的太阳花，仿佛随意撒落，清新淡雅。我穿着它出门，引来了诸多艳羡的目光，有婶子问母亲这么好看的毛衣哪里买的，我挺起胸，大声抢答道："是我妈妈自己织的！"于是，大家纷纷向母亲请教编织法，母亲自然耐心传授，她瞧着人家那些五颜六色的毛线，轻叹了口气："可惜手套太少，不然，可以拆了染成玫红的粉红的翠绿的，多给你织两件。"

春天，花绒毯似的田野给了母亲灵感，她想到了抽屉里大小不一色彩各异的毛线团，大多是婶子阿姨们织毛衣的余料，母亲觉得丢弃可惜，收集了起来。她发挥自己的想象力，几种颜色的毛线搭配起来，紫、黄、青、灰、蓝，每个颜色织一截，间隔得有规律，看上去富有层次感。选花样也是费了心的，母亲采用了镂空处较多的一种，可以省毛线，毕竟，余料太稀少。

那会，正值渔汛期，母亲在水产公司剖鱼，中午回家，她匆匆吃过午饭，总要拿起棒针织一会才去做工。可以说，毛衣是母亲在午休时间赶出来的。将毛衣平铺于桌上，真像一只色彩斑斓的大蝴蝶啊！穿上后，我老爱挥动两只手臂，那是模仿蝴蝶振翅呢。什么叫变废为宝？是母亲给了我最初的范本。

有一年，小伙伴莹莹来我家转悠，她身上红与黑相拼的皮革马甲好看得让人移不开眼睛，据说是她家上海亲戚送的，我仰起脸问母亲："为什么咱家没有上海亲戚呢？"母亲笑而不语。过两天，母亲特意去了趟供销社，称来了毛线，金黄色，艳丽如晚霞，柔软似棉花，说要给我织一件很独特的马甲。我兴奋地捧着毛线团黏在母亲身旁，她的手指轻巧地跳跃，牵着毛线划出一个又一个弧线，宛若跃动着的金黄色小火苗。毛线源源不断地输送过去，线团慢慢变小，毛衣慢慢变长，终于，马甲雏形出来了，倒穿式，后背系扣子，母亲用黑色开司米毛线在领口和肩围勾了一圈花边，真像许多个花瓣串连在一起，美极了。惊喜的还在后头，母亲居然在前胸部分绣了一个大大的蝴蝶，亦用黑色开司米，一对棒形触角很精神地竖起，栩栩如生。我穿上后再也不肯脱下来，小伙伴们老想摸我的大蝴蝶，我多么不乐意，可别摸毛了呀。

从小到大，母亲给我织过的毛衣已经数不清了，每织完一件，看我穿上，她比谁都高兴，拉拉袖子，整整衣领，上前，退后，反复端详，笑意在她脸上如涟漪般荡漾开来。那些毛衣里，每一针都织进了母亲的爱和巧心思，每一件都绝无仅有，是世间最美的毛衣。

生日里的台灯 / 周康平

那盏八块钱的台灯，成为我人生前行的灯引

> 不管岁月的风雨抹去了人生多少的记忆，母亲送我的那盏台灯依旧亮在我心底。

那是一个春风飘荡的夜晚，刚好是我十四岁的生日。

那年月，我家的日子，与镇上大多数的家庭一样，依然过得紧巴巴的。在这种情况下，我的生日，自然是不会有好吃好喝的事在我身上发生了。从小在贫寒家境长大的我，知道家中是什么样的经济条件，也不敢去奢望能吃上啥大鱼大肉这些东西，更不敢去想啥生日蛋糕之类的美事了。过生那天晚上，母亲只是给我下了一碗鸡蛋挂面，碗里多加了一汤匙香油。就这样，一个对青春带有朦胧意识的生日，在一家木板房子的屋檐下，便那样平淡无奇的开启了。

手头拮据的母亲，虽未给我的生日带来口腹之乐的享受，却给我送上了一件令我意想不到的礼物。母亲小心翼翼打开包裹得严严实实的蓝布包袱，我真是被惊呆了下巴：那是张一盏台灯，一盏让我梦寐以求的台灯！

如果说在十四岁的生日那天想狼吞虎咽一顿美食是我那时不切实际的幻想，那么想得到一盏台灯，则更是我不敢有的异想天开。台灯的事，我曾寄望于父亲。我那长年在长江劳碌奔波的父亲，风吹日晒的水手生活，让他早已无心去顾及家中孩子们的生活需求。有一次见父亲高高兴兴回家，我以为我盯准了机会，便对父亲提出了我想要一盏台灯的要求。未料父亲只是白了我一眼，对我不耐烦地说，"你要啥台灯呢。这事找你妈去。我不管！"既然在父亲那儿都吃了闭门羹，在母亲那，我只能免开尊口了。作为家中的老大，我当然知道母亲操持一家老少的生计有多艰难。我一直相信母亲是想让她的孩子们过上幸福生活的人，捉襟见肘的贫困却限制了母亲的想象。母亲手里的那点钱，仅是父亲每月交回的那份非常有限的工资，她只能在精打细算的节省中，勉勉强强将一家五口人的生活拖走，且不能有其他意外事情发生，否则就得想方设法去找三亲六戚借钱度日。所以我知道，家中的每一分钱，对母亲来说，都是恨不得掰成八瓣花的人，她哪有什么余钱给我买灯台。

　　拥有一盏台灯，一直是我魂牵梦绕的心愿。家里人多房窄，不到二十平方米的房屋，放有四张木床，我和三个兄弟各占一方。房间虽有些挤，有一段时间大家过得还算相安无事。但这种和平相处的日子没过上两三年，问题便在这窄窄的房间暴露无遗。房间里只有一盏悬在半空中的电灯，那是一盏40瓦的白炽灯。比三个弟兄大几岁的我，这时已喜欢晚上阅读。我开着电灯看书，给喜欢早睡的三个弟兄带来了严重影响，惹得他们怨声不断。解决问题的方法其实也很简单，我想到了台灯，又觉得那实在是天方夜谭的事情。

　　我曾到街上的供销社门市部偷偷看过几回台灯。也许是物以稀为贵的原因，即便在我看来，供销社那些做工简单的台灯，价格贵得也令我心里一片阴暗。供销社门市部的营业员崔阿姨与我家是一条街的，见我怯生生地在那围绕台灯转，便对我说，"周毛儿，回去喊你家大人来买一盏嘛，用台灯读书多好的。"听到她这话，我心里虽是喜滋滋的，但还是立马被吓得逃之夭夭。说实在的，她门市部卖的台灯样式真不好看，做工粗糙，样式呆板，与我在画报或电影里见到的台灯远不是一个档次，价格贵得令人望而生畏，要六块钱一盏。这价格，即便是我有多大的胆，也不敢向母亲提及。

这世上，能将你认为完全不可能的事变成事实的人，在我看来，那就是母亲了。我不知道母亲是怎么知道我很想得到一盏台灯的。有关台灯的事，我真没对母亲提及过一言半语。这事，家里也只有父亲知道。我相信对台灯的作用没有什么概念的父亲，肯定不会对母亲说起我要一盏台灯的事情。

那盏在我十四岁的生日突然出现的台灯，对我来说，绝对算得上是一件稀罕之物。用乖巧玲珑来形容那盏台灯，一点也不算夸张。那是一盏淡绿色灯座的台灯，灯杆为纯银色，阳光之下，可反射出不同的亮丽光芒。让我爱不释手的是，那台灯的灯杆，充满了极强的柔和性，九十度的弯曲造型，一点儿不是我想象的那般僵硬。灯罩下的台灯，横着一根纤长的日光灯灯管，虽然只有八瓦，照射出来的光线却通透明亮，让我想到了母亲亲切的笑脸，想到她温暖的怀抱。最让我感到赏心悦目的是，那台灯就像儿时我玩耍的泥团，可由我随意捏拿。既可左右旋转，也可将灯杆弯得很低，可低到在木桌上只剩下一团银白色的柔美细光。这时，伏在桌上，在宁静中只能听到翻动书页的轻微响动。看到这般精美的台灯，我便知道这台灯不是出自崔阿姨的供销社门市部，我们这小镇其他的商店，更不可能有这样的台灯卖。

母亲是怎么买到这台灯的呢。我问母亲，她回答的是，你问那么多干啥子嘛，以后爱护好这台灯就行了。这显然是母亲对我的敷衍搪塞。我无法理解母亲是怎么舍得为我买这台灯的。从接受的文化教育方面上来说，母亲毕竟是没上过一天学的人，对台灯于读书人的重要性，相信她一定不会比我那同样是一筐大字认不了多少的父亲懂得更多。母亲为什么要给我买台灯呢？我不得其解，这让我纳闷至极。当我猛然看到我家最好的摆设，不是其他常用的生活物件而是一盏台灯时，立马忐忑不安起来。我只有打破砂锅问到底了，否则我用起这台灯心里会极其不安。

母亲在我的多次追问之下，才对我说出来这盏台灯的来历。正如我猜测的一样，这台灯不是出自我们小镇的供销社，也不是在小镇其他商店买的，但这台灯与供销社的营业员崔阿姨有关。母亲是从崔阿姨那得知我很想一盏台灯的事。她对我母亲讲时，不仅说得绘声绘色，还"添油加醋"了一番。母亲听到我在外面的那副"造孽"相，心酸不已。打零工的母亲，一次送货去万县城，在一家百货商场，花了八块钱为我买了那盏台灯。

八块钱是啥概念？父亲在长江上跑船，累死累活一个月的工资也不到四十块钱，除去他的生活费，到母亲手里的不过三十块钱，家里五口人，落到每个人头上的费用也不过六块钱。母亲竟然花了八块钱给我买了一盏台灯！她得下多大的决心！虽然我想有盏台灯，但一想到这台灯来得那么艰难，想到对母亲的误解，心中忍不住涌上了一缕酸楚的泪。鸡蛋八分钱一个，肥猪肉六角一斤，这八块钱如果用于改善家庭生活，全家人怎么也会过上一两个月的好日子。那八块钱，却因我变成了一盏不能当饭吃的台灯。

母亲见我有些难受，伸出她粗糙的手，像明白了什么似地摸着我的后脑勺轻声说，"娃儿，这个钱，是妈今年做零工的钱。不会影响我们家吃饭的事。"我知道这是母亲对我的安慰。每个家庭都不仅是吃饭的事情，还有其他得用钱去面对的问题。突然间，我觉得我像是一个明白了许多事明理的人，心中充满了强烈的愧意，在轻微的哽咽中，我实在不知该如何表达对母亲的心痛。我只听见母亲说道，"娃儿，就不要难过了，妈都不难过，你难过啥呢？妈虽没读过书，但晓得用台灯读书对学习有好处。只要你好好读书，妈就满足了。"听到这话，我湿润的心境，陡地升起一缕阳光，母亲语重心长的话语令我猛然大悟。我一下明白了我应该成为一个什么样的人。与之相应的，这盏台灯的形状也因此深深地刻在了我的心间。

岁月一年一年地从记忆中飘过，随后几十年的生日，也有过精彩的时光。但生活的本质是，喧哗之后，一切终会归于平淡。而平淡之中真正的慰藉，不知不觉让我想起的，时常还是十四岁生日的那盏台灯。那个让我猛然懂事的生日虽早已过去，却成了我一生注定难忘的回忆。不管岁月的风雨抹去了人生多少的记忆，母亲送我的那盏台灯依旧亮在我心底。无论是在迷雾重重的暗淡时光，还是在苦难缠身的艰难时刻，那盏台灯，总是在我心中熠熠发光，作为我前行的指引。

影子 / 冉令香

她是全家人追随的影子，更是儿女们追随的影子

她走了，我才发现，她是全家人追随的
影子，更是儿女们追随的影子。

转弯，走上通向村里的水泥路，猛然被自己的影子吓了一跳！那么细，
那么长，在路上延伸出去十几米，两条腿竹竿一样捣腾着往前挪。

夕阳闪着温和的光芒萎缩成亮亮的一团，蹲在远山肩头，仿佛一不留
神就要跌进万劫不复的深渊。转眼，山巅那橙红的圆球被慢慢吞下去了，
我陷进了庞大无边的灰影，周围所有一切也陷进了茫无边际的灰影。那些
瑰丽的红晕渐渐在西天暗下去，一只乌鸦的黑影覆盖过来，转眼全黑了。

我细长如杆的影子消失在暗影里，所有的影子都融进了暗影。

热乎乎的孝服抱在怀里，里面包着几块土坷垃，那是来自婆婆新居的
土坷垃。婆婆肯定地下有知：她的儿子为她试过新居的卧床，那里宽敞舒适；
她的儿女们围着她的新居转了三圈，捡了土坷垃包在孝服里抱回家，要撒
在菜地里或树根旁。

我把土坷垃虔诚地倒在高大的香椿树下，农历五月的大地正消散当日最后的余热。我习惯性地屋里屋外找寻那个伛偻瘦小的身影，人影憧憧，却再也找不到她的影子。

　　静沉沉的夜，无月。影子不分你我，汇聚成一个无边的黑洞。我知道，今夜注定了无月。婆婆正在另一个世界与她念念不忘的人团聚。那里，此刻一派温馨祥和。

　　五年了，每当面对她孤寂、荒凉的眼神，心里总有莫名的疼袭来。婆婆的一生就是一个影子，尾随在公公身后的影子。

　　"哪里去了？半天不见人影儿。"她又手搭凉棚站在家门口瞭望。她早已习惯了瞭望，站在夕阳下默默瞭望。她被夕阳放大的身影，像墙垣一样严实地遮满门口。那条尘土飞扬的水泥路，说不定何时就有一辆电动车急速而来，冲到家门口。

　　买菜的公公终于回来了。不等车子停稳，婆婆颠着小脚一路小碎步跟过去接菜篮，一边拍打公公后背上的尘土。"回来这么晚，天都黑了。"递水，盛饭，拿筷子，抹桌子，收拾不停。公公稳坐在老椅子上，坦然享受着婆婆的忙碌和唠叨。

　　忙中偷闲，有时我会看着婆婆晃来晃去的影子发呆，恍惚中自己也幻化成一个影子跟着她转。她伛偻着瘦小的身子，踮起脚尖，一会儿收拾剩饭剩菜搅拌鸡食，一会儿又打扫枯枝落叶翻晒烧水。更多时候，她伛偻着脊背坐在暖阳下洗刷，择菜，缝补。一把蒜苗，一捆芹菜，一堆菠菜，经她一根根捋顺，码放整齐，大半天的时间也就溜得无影无踪。一根线绳，一块破毛巾，她都能找到最后的用途。从早到晚，忙忙叨叨，她偶尔停歇，定然是想起了什么，便自言自语："这半天，老头儿哪里去了？"随后，屋里屋外地找，一趟趟到大门口找。

　　五年前的夏天，公公因并发症仓促走了。八十二岁的婆婆因小脑萎缩已神志不清，对于突然失去的追随目标，潜意识中却有更强烈的依赖和牵挂。她会突然拉住家人的衣襟一遍遍地问："你是谁？我怎么不认识你？你知道老头儿在哪里吗？他怎么还不回来？"

遗忘零零散散切割着她的记忆，苍老慢慢折弯了她的脊骨。我一天天看着她颤巍巍地拄着拐杖挪动，扶着墙根儿挪动。我们架着她一寸寸地挪动。她迅速衰退的小脑，对踩踏了80多年的坚实土地失去了信赖。每一次挪动都是犹疑和试探。吃喝拉撒，睡眠洗刷，她完全退回到婴儿时代，依赖家人寸步不离地小心服侍。她乖顺地张嘴，咀嚼，吞咽，木然地看着勺子，等待下一口食物。她孱弱的影子与墙壁粘连、与藤椅吻合、与床板固守在一起，最后与泥土融为一体。

她走了，我才发现，她是全家人追随的影子，更是儿女们追随的影子。她走了，我突然发现，自己的回家路搁浅了，那个家成了遥不可及的象征符号。

当2013年春节踏着烟花绽放的绚烂翩然而至的时候，我才意识到，自己成了有家难回的人。我漫无目的地走在空荡荡的青年路，一排排大红灯笼渲染着年的火热，我的心却与街道一样，越发空旷。一声声炮竹爆裂，送走了昔日的车水马龙、熙来攘往。平日里拥挤不堪的公交车，而今却空空荡荡，轻轻松松，悠哉来往。家家户户都忙年了，唯有大街与我，在孤独中守望着时光最后的更迭。

二十余年了，总是在除夕前一天载着大包小包回到那个法律意义上的家，义不容辞地做些家务。跟着那个瘦小的身影忙来忙去，穿梭于堂屋和灶房之间，煎炸烹炒，一身烟尘、两手油腥。不记得多少个周末，匆匆忙忙回到那座百年老屋，心不在焉地听她絮絮叨叨。追随着她的一双小脚忙里忙外，收拾一桌饭菜。可如今，我却没有了追随的目标，那个必须回归的家成了心底的荒原。

那夜，梦里我又回家了，我依然想跟在她身后择菜洗刷，她却把一个女孩儿推到我的怀里说："你看孩子，我去做饭。"惶然醒来，我的泪落满了枕头。据朋友说，女孩儿象征着贵人。她把贵人推进了最信任的孩子的怀里！

她走的那天，我给她穿鞋。她的双脚那么小，轻飘飘的。那双精致的绣花鞋，轻轻一套就穿在脚上。我知道，这是她一生中最漂亮的一双鞋。这一双坚韧的小脚驮着那个忙忙碌碌的身影一辈子，走过千山万水之遥，却从没迈出自己的家门。

第 3 辑

趁一切还来得及

谁言寸草心，报得三春晖？
母亲为我们几乎付出了一切，
无论如何，
儿女也报答不了母亲的养育之恩。
对别人的一点小小帮助，
我们或许会感激不尽，
但母亲对我们的厚重的爱，
则往往会认为理所应当。
天下的儿女啊，
请不要再麻木在母爱里了，
别以为你还有的是时间，
趁一切还来得及，
多给母亲一些关爱吧！
你只要捧上一点孝心，一份真心，
就能染青慈母的银丝，抚平慈母的皱纹。

母亲 / 石评梅

漂泊天涯的我，只有母亲心心相系

> 月儿朦胧着，在这凄楚的筵上，不知是
> 月儿愁，还是我们愁？

母亲！这是我离开你，第五次度中秋，在这异乡——在这愁人的异乡。

我不忍告诉你，我凄酸独立在枯池旁的心境，我更不忍问你团圆宴上偷咽清泪的情况。

我深深地知道：系念着漂泊天涯的我，只有母亲；然而同时感到凄楚黯然，对月挥泪，梦魂犹唤母亲的，也只有你的女儿！

节前许久未接到你的信，我知道你并未忘记中秋；你不写的缘故，我知道了，只为了规避你心幕底的悲哀。月儿的清光，揭露了的，是我们枕上的泪痕；她不能揭露的，确是我们一丝一缕的离恨！

我本不应将这凄楚的秋心寄给母亲，重伤母亲的心；但是与其这颗心，悬在秋风吹黄的柳梢，沉在败荷残茎的湖心，最好还是寄给母亲。假使我不愿留这墨痕，在归梦的枕上，我将轻轻地读给母亲。假使我怕别人听到，我将折柳枝，蘸湖水，写给月儿，请月儿在母亲的眼里映出这一片秋心。

挹清嫂很早告诉我，她说：

"妈妈这些时为了你不在家怕谈中秋，然而你的顽皮小侄女昆林，偏是天天牵着妈妈的衣角，盼到中秋。我正在愁着，当家宴团圆时，我如何安慰妈妈？更怎能安慰千里外凝眸故乡的妹妹？我望着月儿一度一度圆，然而我们的家宴从未曾一次团圆。"

自从读了这封信，我心里就隐隐地种下恐怖，我怕到月圆，和母亲一样了。但是她已慢慢地来临，纵然我不愿撕月份牌，然而月儿已一天一天圆了！

十四的下午，我拿着一个月的薪水，由会计室出来，走到我办公处时，我的泪已滴在那一卷钞票上。母亲！不是为了我整天的工作，工资微少，不是为了债主多，我的钱对付不了，不是为了发的迟，不能买点异乡月饼，献给母亲尝尝，博你一声微笑。只因：为了这一卷钞票我才流落在北京，不能在故乡，在母亲的膝下，大嚼母亲赐给的果品。然而，我不是为了钱离开母亲，我更不是为了钱弃故乡。

你不是曾这样说吗，母亲：

"你是我的女儿，同时你也是上帝的女儿，为了上帝你应该去爱别人，去帮助别人。去吧！潜心探求你所不知道的，勤恳工作你所能尽力的。去吧！离开我，然而你却在上帝的怀里。"

因之，我离开你漂泊到这里。我整天的工作，当夜晚休息时，揭开帐门，看见你慈爱的相片时，我跪在地下，低低告诉你：

"妈妈！我一天又完了。然而我只有忏悔和惭愧！我莫有检得什么，同时我也未曾给人什么！"

有时我胜利的微笑，有时我痛恨的大哭，但是我仍这样工作，这样每天告诉你。

这卷钞票我如今非常爱惜,她曾滴满了我的思亲泪!但是我想到母亲的叮咛时,我很不安,我无颜望着这重大的报酬。

因此,我更想着母亲——我更对不起遥远的山城里,常默祝我尽职的母亲!

十五那天早晨很早就醒了,然而我总不愿起来;母亲,你能猜到我为了什么吗?

林家弟妹,都在院里唱月儿圆,在他们欢呼高亢的歌声里,激荡起我潜伏已久的心波,揭现了心幕底沉默的悲哀。我悄悄地咽着泪,揭开帐门走下床来;打开我的头发,我一丝一丝理着,像整理烦乱一团的心丝。母亲!我故意慢慢地迟延,两点钟过去了,我成功了的是很松乱的髻。

小弟弟走进来,给我看他的新衣裳,女仆走进来望着我拜节,我都付之一笑。这笑里映出我小时候的情形,映出我们家里今天的情形;母亲!你们春风沉醉的团圆宴上,怎堪想想寄人篱下的游子!

我想写信,不能执笔;我想看书,不辨字迹;我想织手工,我想抄心经;但是都不能。我后来想拿下墙上的洞箫,把我这不宁的心绪吹出;不过既非深宵,又非月夜,哪是吹箫的时节!后来我想最好是翻书箱,一件一件拿出,一本一本放回,这样挨过了半天,到了吃午餐时候。

不晓得怎样,在这里住了一年的旅客,今天特别局促起来,举箸时,我的心颤跳得更利害;不知是否母亲你正在念着我?一杯红艳艳的葡萄酒,放在我面前,我不能饮下去,我想家里的团圆宴上少了我,这里的团圆宴上却多了我。虽然人生旅途,到处是家,不过为了你,我才眷恋着故乡;母亲是我永久倚凭的柱梁,也是我破碎灵魂最终归宿的坟墓。

母亲!你原谅我吧!当我情感流露时,允许我说几句我心里要说的话,你不要迷信不吉祥而阻止,或者责怪我。

我吃饭时候,眼角边看见炉香绕成个 A 字,我忽然想到你跪在观音面前烧香的样子，你唯一祷告的一定是我在外边"身体康健，一切平安"！母亲！我已看见你龙钟的身体，慈笑的面孔；这时候我连饭带泪一块儿咽下去。干咳了一声，他们都用怜悯的目光望我，我不由得低下头，觉着脸有点烧了。母亲！这是我很少见的羞涩。

林家妹妹，和昆林一样大；她叫我"大姊姊"；今天吃饭时，我屡次偷看她，不晓得为什么因为她，我又想起围绕你膝下，安慰欢愉你的侄女。惭愧！你枉有偌大的女儿；母亲，你枉有偌大的女儿！

吃完饭，晶清打电话约我去万牲园。这是我第一次去看她们创造成功的学校：地址虽不大，然而结构确很别致，虽不能及石驸马大街富丽的红楼，但似乎仍不失小家碧玉的居处。

因此，我深深地感到了她们缔造艰难的苦衷了！

清很凄清，因她本有几分愁，如今又带了几分孝，在一棵垂柳下，转出来低低唤了一声"波微"时，我不禁笑了，笑她是这般娇小！

我们聚集了八个人，八个人都是和我一样离开了母亲，和我一样在万里外漂泊，和我一样压着凄哀，强作欢笑地度这中秋节。

母亲！她们家里的母亲，也和你想我一样想着她们；她们也正如我般绻怀着母亲。

我们漂零的游子能凑合着在天涯底一角勉为欢笑，然而你们做母亲的，连凑合团聚，互谈谈你们心思的机会都莫有。因之，我想着母亲们的悲哀一定比女孩儿们的深沉！

我们缘着倾斜乱石，摇摇欲坠的城墙走，枯干一片，不见一株垂柳绿荫。砖缝里偶而有几朵小紫花，也莫有西山上的那样令人注目；我想着这世界已是被人摒弃了的。

一路走着，她们在前边，我和清留在后边。我们谈了许多去年今日，去年此时的情景；并不曾令我怎样悲悼，我只低低念着：

惊节序，

叹沉浮，

秾华如梦水东流；

人间何事堪惆怅，

莫向横塘问旧游。

走到西直门，我们才雇好车。这条路前几月我曾走过，如今令我最惆怅的，便是找不到那一片翠绿的稻田，和那吹人醺醉的惠风；只感到一阵阵冷清。

进了门，清低低叹了口气，我问问："为什么事你叹息？"她莫有答应我。多少不相识的游人从我身旁过去，我想着天涯漂泊者的滋味，沉默地站在桥头。这时，清握着我手说：

"想什么？我已由万里外归来。"

母亲！你当为了她伤心，可怜她无父无母的孤儿，单身独影漂泊在这北京城；如今歧路徘徊，她应该向那处去呢？纵然她已从万里外归来，我固然好友相逢，感到快愉。

但是她呢？她只有对着黄昏晚霞，低低唤她死了的母亲；只有望着皎月繁星洒几点悲悼父亲的酸泪！

猴子为了食欲，做出种种媚人的把戏，栏外的人也用了极少的诱惑，逗着它的动作；而且在每人的脸上，都轻泛着一层胜利的微笑，似乎表示他们是聪明的人类。

我和清都感到茫然，到底怎样是生存竞争的工具呢？当我们笑着小猴子的时候，我觉着似乎猴子也正在窃笑着我们。

她们许多人都回头望着我们微笑，我不知道为了什么！琼妹忍不住了。

她说：

"你看梅花小鹿！"

我笑了，她们也笑了；清很注意地看着栏里。琼妹过去推她说：

"最好你进去陪着她，直到月圆时候。"

母亲！梅花小鹿的故事，是今夏我坐在葡萄架下告诉过你的；当你想到时，一定要拿起你案上那只泥做的梅花小鹿，看着她是否依然无恙；母亲！这是我永远留着它伴着你的。

经过了眠鸥桥，一池清水里，漂浮着几个白鹅；我望着碧清的池水，感到四周围的寂静。我的心轻轻地跳了，在这样死静的小湖畔，我的心不知为什么反而这样激荡着？我寻着人们遗失了的，在我偶然来临的路上；然而却失丢了我自己竟守着的，在这偶然走过的道上。

在这小桥上，我凝望着两岸无穷的垂柳。垂柳！你应该认识我，在万千来往的游人里，只有我是曾经用心的眼注视着你，这一片秋心，曾在你的绿荫深处停留过。

天气渐渐黯淡了，阳光慢慢叫云幕罩了；我们踏着落叶，信步走向不知道的一片野地里去。过了福香桥，我们在一个小湖边的山石上坐着，清告诉我她在这里的一段故事。

四个月前清、琼、逸来到这里。过了福香桥有一个小亭，似乎是从未叫人发现过的桃源。那时正是花开得十分鲜艳的时候，逸和琼折下柳条和鲜花，给她编了一顶花冠，逸轻轻地加在她的头上。晚霞笑了，这消息已由风儿送遍园林，许多花草树林都垂头朝贺她！

她们恋恋着不肯走，然而这顶花冠又不能带出园去，只好仍请逸把它悬在柳丝上。

归来的那晚上就接到翠湖的凶耗！清走了的第二个礼拜，琼和逸又来到这里，那顶花冠依然悬在柳丝上，不过残花败柳，已憔悴得不忍再睹。

这时她们猛觉得一种凄凉紧压着，不禁对着这枯萎的花冠痛哭！不愿她再受风雨的摧残，拿下来把她埋在那个小亭畔；虽然这样，但是她却造成一段绮艳的故事。

我要虔诚地谢谢上帝，清能由万里外载着那深重的愁苦归来，更能来到这里重凭吊四月前的遗迹。在这中秋，我们能团集着；此时此景，纵然凄惨也可自豪自慰！

母亲！我不愿追想如烟如梦的过去，我更不愿希望那荒渺未卜的将来，我只尽兴尽情地快乐，让幻空的繁华都在我笑容上消灭。

母亲！我不敢欺骗你，如今我的生活确乎大大改变了，我不诅咒人生，我不悲欢人生，我只让属于我的一切事境都像闪电，都像流星。我时时刻刻这样盼着！当箭放在弦上时，我已想到我的前途了。

我们由动物园走到植物园，经过许多残茎枯荷的池塘，荒芜落叶的小径；这似我心湖一样的澄静死寂，这似我心湖边岸一样的枯憔荒凉。我在幽风堂前望着那一池枯塘，向韵姊说：

"你看那是我的心湖！"

她不能回答我，然而她却说：

"我应该向你说什么？"

我深深地了解她的心，她的心是这般凄冷。不过在这样旧境重逢时，她能不为了过去的春光惆怅吗？母亲！她是那年你曾鉴赏过她的大笔的；然而，她如椽的大笔，未必能写尽她心中的惆怅，因为她的愁恨是那样深沉难测呵！

天气阴沉地令人感到不快，每个人都低了头幻想着自己心境中的梦乡；偶然有几句极勉强的应酬话，然而不久也在沉寂的空气中消失了。

清似乎想起什么一样，站起身来领着我就走，她说："我领你到个地方去看看。"

这条道上，莫有逢到一个人。缘道的铁线上都晒着些枯干的荷叶，我低着头走了几十步，猛抬头看见巍峨高耸的四座塔形的墓。荒丛中走不过去，未能进去细看；我回头望望四周的环境，我觉着不如陶然亭的寥阔而且凄静，萧森而且清爽。陶然亭的月亮，陶然亭的晚霞，陶然亭的池塘芦花，都是特别为坟墓布置的美景，在这个地方埋葬几个烈士或英雄，确是很适宜的地方。

母亲！在陶然亭芦苇池塘畔，我曾照了一张独立苍茫的小相；当你看见它时，或许因为我爱的地方，你也爱它；我常常这样希望着。

我们见了颓废倾圮，荒榛没胫的四烈士墓，真觉为了我们的先烈难过。万牲园并不是荒野废墟，实不当忍使我们的英雄遗骨，受这般冷森和凄凉！就是不为了纪念先贤，也应该注意怎样点缀风景！

隔岸有鲜红的山楂果，夹着鲜红的枫树，望去像一片彩霞。我和清拂着柳丝慢慢走到印月桥畔；这里有一块石头，石头下是一池碧清的流水；这块石头上，还刊着几行小诗，是清四月间来此假寐过的。她是这样处处留痕迹，我呢，我愿我的痕迹，永远留在我心上，默默地留在我心上。

我走到枫树面前，树上树下，红叶铺集着。远望去像一条红毡。我想拣一片留个纪念，但是我莫有那样勇气，未曾接触它前，我已感到凄楚了。母亲！我想到西湖紫云洞口的枫叶，我想到西山碧云寺里的枫叶；我伤心，那一片片绯红的叶子，都给我一样的悲哀。

月儿今夜被厚云遮着，出来时或许要到夜半，冷森凄寒，这里不能久留了；园内的游人都已归去，徘徊在暮云暗淡的道上的只有我们。

远远望见西直门的城楼时，我想当城围里明灯辉煌，欢笑歌唱的时候，城外荒野尚有我们无家的燕子，在暮云底飞去飞来。母亲！你听到时，也为我们漂泊的游儿伤心吗？不过，怎堪再想，再想想可怜穷苦的同胞，除了悬梁投河，用死去办理解决一切生活逼迫的问题外，他们求如我们这般小姐们的呻吟而不可得。

这样佳节，给富贵人作了点缀消遣时，贫寒人确作了勒索生命的符咒。

七点钟回到学校，琼和清去买红玫瑰，芝和韵在那里料理果饼；我和侠坐在床沿上谈话。她是我们最佩服的女英雄，她曾游遍江南山水，她曾经过多少困苦；尤其令人心折的是她那娇嫩的玉腕，能飞剑取马上的头颅！我望着她那英姿潇洒的丰神，听她由上古谈到现今，由欧洲谈到亚洲。

八时半，我们已团团坐在这天涯地角，东西南北凑合成的盛宴上。月儿被云遮着，一层一层刚褪去，又飞来一块一块的絮云遮上；我想执杯对月儿痛饮，但不能践愿，我只陪她们浅浅地饮了个酒底。

我只愿今年今夜的明月照临我，我不希望明年今夜的明月照临我！假使今年此日月都不肯窥我，又哪能知明年此日我能望月？在这模糊阴暗的夜里，凄凉肃静的夜里，我已看见了此后的影事。母亲！逃躲的，自然努力去逃躲，逃躲不了的，也只好静待来临。我想到这里，我忽然兴奋起来，我要快乐，我要及时行乐；就是这几个人的团宴，明年此夜知道还有谁在？是否烟消灰熄？是否风流云散？

母亲！这并不是不祥的谶语，我觉着过去的凄楚，早已这样告诉我。

虽然陈列满了珍馔，然而都是含着眼泪吃饭；在轻笼虹彩的两腮上，隐隐现出两道泪痕。月儿朦胧着，在这凄楚的筵上，不知是月儿愁，还是我们愁？

杯盘狼藉的宴上，已哭了不少的人；琼妹未终席便跑到床上哭了。母亲！这般小女孩，除了母亲的抚慰外，谁能解劝她们？琼和秀都伏在床上痛哭！这谜揭穿后谁都是很默然地站在床前，清的两行清泪，已悄悄地滴满襟头！她怕我难过，跑到院里去了。我跟她出来时，忽然想到亡友，他在凄凉的坟墓里，可知道人间今宵是月圆。

夜阑人静时，一轮皎月姗姗地出来；我想着应该回到我的寓所去了。到门口已是深夜，悄悄的一轮明月照着我归来。

月儿照了窗纱，照了我的头发，照了我的雪帐；这里一切连我的灵魂，整个都浸在皎清如水的月光里。我心里像怒涛涌来似的凄酸，扑到床缘，双膝跪在地下，我悄悄地哭了，在你的慈容前。

三件不能让母亲知道真相的往事 / 崔修建

母亲让我一定要一口气吃掉5个熟鸡蛋

> 我只要知道母亲是爱我的，而我能给予
> 母亲的最大安慰就是——我要让母亲知道，
> 正是她的爱，成就了儿子的人生幸福。

我是个乡下孩子。母亲是土生土长的乡下人，没什么文化。但没文化的母亲对孩子的爱并不会因为愚昧、不科学的原因而比有文化的母亲少一分，只不过有的时候会以"特别"的形式表现出来而已。

念高三那年的一个周末，母亲第一次搭别人的车来到县城的一中。在递给我两罐咸菜后，又兴奋地塞给我一盒包装得挺漂亮的营养液。我惊讶地问母亲："咱家那么困难，买它干什么？"母亲很认真地说："听人家说，这东西补脑子，喝了它，准能考上大学。"我摩挲着那盒营养液嘟囔着："那么贵，又借钱了吧？"母亲一笑："没有！是用手镯换的。"那只漂亮的银手镯是外祖母传给母亲的，是贫穷的母亲最贵重的东西了。多年来一直舍不得戴，压在箱底。

母亲走后，我打开一小瓶营养液，慢慢地喝下了那浑浊的液体，没想到我当天晚上便被送进医院。原来母亲带来的那盒营养液是伪劣产品。回到学校，我把它全扔了。

当我接到大学录取通知书时，母亲欣然道："那营养液还真没白喝呀，当初你爸还怕人家骗咱呢。"我使劲儿点着头。

一个炎炎夏日，正读大学的我收到一个来自家里的包裹单。我急匆匆赶到邮局取包裹，未及打开那里三层外三层包裹得格外严实的小纸箱，一股浓浓的馊味已扑面而来。屏着呼吸打开才发现里面装的是 5 个煮熟的鸡蛋，经过千里迢迢的邮途，早已变质发臭。心里禁不住埋怨：也不动动脑子，这么大的城市，什么样的鸡蛋吃不到？大热天的，还那么老远从乡下寄，肯定要坏的。

很快，母亲让邻居代写的信飞至。原来，前些日子家乡正流行一种说法，说母亲买 5 个鸡蛋，煮熟了送给儿女吃，就能保儿女的平安。母亲在信中还一再嘱咐，让我一定要一口气吃掉那 5 个熟鸡蛋……

读信的那一刻，我的心暖融融的，仿佛母亲就站在面前，慈祥地看着我吃下了 5 个鸡蛋。放暑假回家，母亲问我鸡蛋是否坏了，我笑着说："没有，我一口气都吃了。"于是，我看到母亲一脸的幸福，阳光般灿烂。

毕业后，我写信告诉母亲我交女朋友了。母亲十分欢喜，很快寄来了一条红围巾。当我拿给女友时，她不屑地说："多土啊，你看现在谁还围它？"女友说得没错。城里的女孩子，几乎没有一个围这种围巾的。

后来，我跟女友的关系越来越淡，最后只得分手。那日，我问她："那条红围巾呢？""那破玩意儿我早扔了，你要，我可以再给你买一条。"我当然没有要一条。只是心里充满悲哀，为母亲那条无辜的红围巾。

当我和妻恋爱时，我送她的第一件礼物，就是跟母亲那条一模一样的红围巾，并告诉她是母亲买的。妻很珍惜。

多年以后，母亲曾自豪地跟很多人说："一条红围巾，一下子就帮儿子拴住了一个好媳妇……"看着母亲那一脸的喜悦，我当然不能告诉母亲，这个媳妇不是用她那条红围巾给"拴住"的……

不过这有什么关系呢，我只要知道母亲是爱我的，而我能给予母亲的最大安慰就是——我要让母亲知道，正是她的爱，成就了儿子的人生幸福。而这三件事的真相，我决定永远不告诉母亲。

两三步距离的爱 / 徐光惠

为你引路，就像小时候你为我引路一样

> 我想，现在我要做的，就是在前面为她
> 引路，就像小时候我跟在母亲身后一样。

母亲已经年逾八旬，自从父亲走后，一直跟小妹住在另一个城市。

前段时间，母亲来我家小住，她的牙痛又犯了，吃点冷热的东西就痛，硬的食物更是碰都不敢碰。母亲为此忧心忡忡，愁眉不展，整日茶饭不思。

"妈，明天去医院看看吧。"我不敢怠慢，赶紧带着母亲去医院看牙医。刚锁好门下楼，母亲突然一脸慌张，大声对我说："哎呀，惠儿，我的医保卡忘了拿，好像放在茶几上了。"我"噔噔噔"跑上楼，翻遍了茶几上下，都没找到母亲的医保卡。

"找着了，找着了，在我包里。"母亲在楼下喊，我有些哭笑不得。从去年开始，母亲的听力和记忆力就大不如从前，常常丢三落四，和她说话得高八度，她才能听得见。

我性子比较急，走路一向风风火火的，但母亲年纪大了，走路走得慢，我就放慢了脚步，等着与她并排走。可我发现，没走几步，母亲就又落在了我后头，我便又停下来等她一起走。

"妈，您是不是走着累？要不我们打车去医院吧？"我担心母亲的身体吃不消。

"我能走，又没多远的路，哪用得着打车？别浪费钱。"母亲朝我挥手，示意我走她前面，和我保持着两三步的距离。我不明白，母亲为什么执意走在我后面呢？但我还是顺从了她，只要她老人家觉得顺心就好。

慢慢悠悠走了半个多钟头，终于到了医院。牙科门口看牙的病人真不少，排起了一条长龙，好不容易等到医生叫母亲的名字时，她却一脸怯怯的，求助似的望着我。我便带着她来到医生诊疗室，她突然又躲到我身后去了。

医生见状一脸疑惑，问道："你们两个谁看牙？""妈，快过来，让医生看看。"我把母亲牵到医生面前坐下。

母亲神情有些紧张，不知所措地看看我，又胆怯地看看医生，像个不谙世事的孩子。

"妈，放松点，没事的。"我宽慰着母亲，她缓慢地跨上医疗架。经过检查，母亲是牙龈发炎没啥大碍。拿了药从医院出来，母亲明显轻松了许多，走出大门，她径直朝我家相反的方向走。

"妈，你走哪儿去？"我问她。"哎呀，惠儿，走错了吗？我记得是往这边走嘛，瞧我这记性。"母亲尴尬地笑笑。

我看着眼前的母亲矮小瘦弱，佝偻着越来越弯曲的腰身，花白的头发稀疏地飘飞着，脸上刻满细细密密的皱纹和老年斑，犹如一株风烛残年的老树，孤独无助。母亲已经老了，我眼角不由一阵潮湿。

在我的记忆中，年轻时的母亲留一头齐耳短发，精神、干练，做事麻利。父亲在外地工作，家里全靠她一人操持，洗衣做饭，织毛衣、做棉鞋，浑身似乎有使不完的劲儿。那时候年纪小，常常跟在母亲屁股后面跑，她走到哪，我就跟到哪。

　　最喜欢和母亲上街，母亲走在前面，我紧紧跟在其后，生怕跟不上母亲就走丢了。母亲不急不躁，始终与我保持着两三步远的距离。到了街上，这里看看那里瞅瞅。母亲买好油盐酱醋后，偶尔还会给我买一个香喷喷的糖包子，那甜香的味道至今难忘。

　　跟着母亲去乡下外婆家，有一段田埂路很不好走，特别是下雨天，路上坑坑洼洼的，不注意就会踩进水坑，有时还会摔倒，弄得满脸、满身的泥，狼狈不堪。母亲就穿着雨靴在前面探路，提醒我们哪里有水坑，我们便跟在母亲后面，安全走过那段烂路。

　　不知从什么时候起，母亲开始变得谨小慎微。记忆中，母亲总是走在我们前面，为儿女们遮风挡雨，我们在她的呵护中渐渐长大成人。而现在，母亲却落在了我后面，行动缓慢，反应迟钝，做事畏畏缩缩。

　　我终于明白，母亲真的老了，变得像一个小孩子，没有了安全感。我想，现在我要做的，就是在前面为她引路，就像小时候我跟在母亲身后一样，不急不躁，不远不近，两三步远的距离就好。

母亲的手 / 张儒学

母亲长满老茧的手，是我心中永远的痛

> 母亲手上那一道道的纹路，像她脸上的皱纹一样，刻得很深很深。

母亲，是一个普普通通的农村妇女。

听母亲说，在她很小的时候父亲就去世，懂事的她从小就跟着母亲编织竹席，也上坡弄柴和帮着干农活，生活的重担早早地压在她身上，练就了她勤劳坚韧的品格。她天真乐观，爱唱爱跳，还当过村宣传队的演员。我出生后，母亲就不再去宣传队了，一心一意照顾我和干家务活，成了十足的家庭妇女，用她那双勤劳的双手支撑着这个家。

我记不清在我出生后，母亲是怎样牵着我手，让我迈开人生的第一步，也不知道母亲的手是什么样子，但我可以想象那时母亲的手，肯定跟许多母亲的手一样，细滑、嫩白、温暖、充满着爱。小时候，十分顽皮的我，不是这儿碰伤就是那儿碰肿，母亲总是在我身上的伤处给我贴上膏药，身上的肿处呢，母亲就细心的烧开了水，再放些盐，用帕子打湿后慢慢给我敷，没几天伤处就好了，肿处也全消了。有时我感冒了，母亲就去山上挖些草药，煎水让我喝上半碗后，睡一觉就全好了。那时，我还真不敢相信，母亲的手不但爱劳动，还能"妙手回春"一样能给我治伤治病。

母亲的手是勤劳的手，家里的活儿她样样都干；母亲的手是轻柔的手，她为我的伤口上药的时候，总是像给婴儿洗澡般那样温柔，一边涂药，一边用口吹，伤口一点都不觉得痛。母亲的手是严厉的手，但凡我在外与同学吵架打架，或者放牛时不小心让牛吃了别人庄稼时，母亲总是毫不留情地打我，可母亲从不用竹板或树条子打，而是她的手打，常常打得我大哭大叫，在我哭了好一阵后，母亲又用她的手给我抹去脸上的泪水。我发现母亲的手是饱经沧桑的手，还算年轻的她，手的表皮已失去光泽，皱皱的，像一张被撕扯过的纸，老人斑也密密麻麻地烙在她的手背上。

最让我难忘的，还是母亲劳作时的手。母亲除了和父亲在地里干农活，回家后还要忙着煮饭，尤其是她在煮饭时在菜板上切菜时的动作，真算是心灵手巧，只听得"叭叭叭"地一阵阵响声后，不管是萝卜丝还是土豆丝总切得细细的，看上去大小一致。还有就是母亲在河边洗衣服时，双手拿着捣衣棒不停地拍，再把衣服拿到水里搓来搓去，远远看去那动作十分优美，那么有节奏也显得那么和谐，在她三捣两搓下，衣服就洗得干干净净；更让我不解的是，母在编竹席时几乎不用眼睛看，只见双手晃来晃去，像弹钢琴似的充满着活力和激情，要不了大半天一张竹席就编好了，等父亲赶集时拿去镇上卖了又变成家里必不可少的油盐。

母亲一般白天下地劳动，晚上就做针线活。我的衣服破了，母亲就细心地给我们缝补，我的鞋子穿烂了，母亲又赶着帮我做。但做鞋子也很麻烦，需要很多工序，打浆糊、抹夹纸、搓麻绳、纳鞋底、做鞋帮……由此，母亲就显得格外忙碌。小时的我，晚上常常坐在母亲的旁边，看着母亲做针线活，听母亲唱小曲儿入睡。特别是在春节，母亲更是忙着给我做衣服，虽然母亲手工做的衣服没有街上买的好看，但穿起来合身、暖和，每年初一，我穿上母亲亲手为我做的新衣服和新鞋子，心里不知有多高兴。

记得有一次，顽皮的我与小伙伴爬树玩，我不小心从高高的树上摔了下来，当时摔得昏了过去，村里的赤脚医生经过简单处理后，发现我可能摔得很严重，建议立即送镇卫生院。父母赶忙把我送镇卫生院抢救，医生说这孩子很危险，能不能活过来就看我的造化了。母亲心急如焚，一直守在我的病床边，用她那双充满着爱的手紧紧地拉着我的手，一声一声地呼唤着我的名字，结果我奇迹般地活了过来。后来，我常想：也许就是母亲的这双充满爱的手，把我从死神的手中拉了回来。

如今母亲已经老了，她依然在老家生活，勤劳惯了的她，仍舍不得她的活儿，总是忙来忙去，一会儿去地里割猪草，一会儿去坡上弄柴，一会洗衣煮饭……她总是用那双手撑起这个家，撑起我人生中能避风躲雨的伞。从小时候对我的呵护，一直到我长大成家立业后，母亲依然不辍劳作。那双灵巧、勤劳的手从未停下活计，本应乐享晚年的她却从不闲着。在我每次回家，母亲总是十分亲切地拉着我的手，问这问那，我总是十分开心地把高兴的事告诉母亲，把有时遇到不开心的事，也一一给母亲说说。高兴的事母亲听了就为我高兴，不开心的事母亲听后总是耐心地开导。吃饭时，母亲总是用她微微发抖的手给我夹菜，我吃着母亲为我夹的菜，感到特别的香。晚上我睡觉时，母亲仍像小时一样给我盖上被我踢开的被子。

而今握着母亲那双粗糙干瘦而又长满老茧的手，再细细打量，那一道道的纹路，像她脸上的皱纹一样，刻得很深很深。我想：在这深深的皱纹里，不知记载了她多少欢乐与温馨，也不知承受着多少辛酸与苦辣。但就是母亲的这双手，曾经给予了我无限温暖和关怀，曾经撑起了全家的一片天！

走进母亲的秋天 / 徐光惠

是母亲种下的菜，让生活有了滋味

秋天里的母亲，像一幅隽永的画，深深定格在我的记忆里。

　　当一阵接一阵的秋风吹过原野，一丛丛美丽的山菊花开满山岗，秋天在不经意间来了，故乡的人们收获着一场秋天的盛宴。

　　我出生在重庆西部大足县的一个小山村，人们都以种地为生，故乡的秋天处处充溢着丰硕、成熟的味道。秋风阵阵，阳光正好，山坡上野花竞放，瓜果飘香。一望无际的稻田像巨大的地毯铺在大地上，黄澄澄的稻穗"咯咯"地笑弯了腰。暖阳下，片片树叶红的、绿的、黄的，不单调也不繁杂，相映成趣，像一幅生动的水彩画。弯弯的田埂上，雪白的花生像可爱的胖娃娃；绿色的藤蔓下，一个个红薯破土而出；毛茸茸的豆荚挂在豆杆上，一粒粒豆子颗粒饱满，迫不及待地想要蹦出来……

　　秋日清晨，人们沐浴着晨光奔走在田间地头，戴着草帽拿着镰刀，忙着收割成熟的庄稼，脸上挂满汗珠却洋溢着开心的笑容。农家小院里、村里的空坝翻晒着花生、芝麻、豆子。淘气的孩子们在山坡、地里来回追逐、疯跑，把红薯从地里刨出来，用衣袖擦几下上面的泥沙，便胡乱啃起来。或是将包谷、豆子用火烧熟了，顾不得烫，塞进嘴里狼吞虎咽，又香又烫，打闹声、欢笑声响彻村庄上空。

儿时的春天，母亲在老屋院墙边，种下了一棵小小的石榴树。夏天，石榴树渐渐长得枝繁叶茂，绿意盎然，开出了一朵朵火红火红的小花儿，非常漂亮。到了秋天，石榴树上挂满一个个可爱的红石榴，就像一盏盏小小的红灯笼，在阳光下透着晶莹红亮的光泽，惹人垂涎，我们时常在石榴树下看书写字、玩耍，盼着能早一天吃到红石榴。

秋天的黄昏，母亲站在石榴树下，踮着脚尖儿把石榴摘下来，温软地唤道："孩子们，快来，吃石榴咯！"

我们欢天喜地跑过来，一窝蜂围在母亲身边。"妈妈，我要吃，给我一个。""妈妈，我要、我也要……"

看着我们一脸的馋样，母亲慢条斯理笑着说："别急，别急，每个人都有呢。"小心地掰开，一颗颗石榴红如水晶，晶莹剔透，放到嘴里慢慢吮吸，酸甜多汁，美味可口，让人回味无穷，觉得那是世界上最难得的美味。

母亲的菜园子也迎来了丰收，弯弯的豆角、红红的番茄、细长的豇豆、白胖胖的大萝卜，还有一个个又大又圆的南瓜。母亲谦卑地躬着腰，在秋风中忙碌，这里看看，那里瞧瞧，一边摘菜，一边打理着地里的杂草，她弯曲的腰身如同田野里成熟的稻穗。母亲抱着一堆新鲜的蔬菜，瘦削的脸庞红润，步伐轻快，额头上汗涔涔的，浅浅的皱纹里填满笑意，收获的果实堆满小院的墙角。

那时候，家里生活条件差，粮食常常不够吃，母亲便给我们做南瓜粥、炒豆角、熬绿豆汤。那些吃不完的豇豆、辣椒、萝卜经了母亲的手，挑拣、淘洗、刀切、腌制，一道道繁杂的工序之后，就变成了风味独特的腌菜。

母亲埋着头，蹲在地上，双手握着菜刀，认真地切着红辣椒，"笃笃笃"的声音极富节奏感。刺鼻的辣椒味弥散，母亲的眼睛被刺得泪水直流，她眯缝着眼，将红辣椒切碎剁成末后，里面倒进白酒，放入豆瓣、盐巴和花椒，搅拌均匀装进坛子里密封好。十天半月后，一坛香喷喷的豆瓣酱就做成了，用来当作炒菜用的佐料或是下饭菜，红通通的，香香辣辣，味道极佳。

院子里的窗户、竹竿上，挂满了母亲晾晒的豇豆、萝卜条，晒干后做成豇豆干和风吹萝卜干，用来烧肉或是炖肉汤。萝卜干用来炖腊肉汤，吃起来鲜香软嫩，别有一番风味。尤其是母亲做的豇豆干烧肉，味道尤其鲜美，肉香夹杂着豆香，肥而不腻，让我们大快朵颐，百吃不厌。简陋的老屋里，一家人围坐在一起，头挨着头，边吃边笑，温馨而幸福。那段艰难的岁月，正是母亲种下的那些菜，让我们免受饥饿，清贫的日子变得有了滋味，简单快乐。

故乡的秋天是丰盈的，淳朴的父老乡亲辛勤耕耘、劳作，种下一年的期盼与希望，收获着一季又一季的秋天。秋天蕴育着每一粒种子，发芽、开花、结果。秋天是属于母亲的，有阳光、温暖、仁厚、慈爱。母亲的秋天收获着成熟和快乐，有她对孩子最为质朴的爱，在她心里，儿女便是她一生最大的收成。

母亲也像秋天一样，一天天老去。秋天里的母亲，像一幅隽永的画，深深定格在我的记忆里。母亲的爱细微无声，让我永远铭记一生。

一把蒲扇摇到老 / 张从辉

还是蒲扇叶子稳当！我这辈子就是这么摇过来咯

> 在炎热的夏天，母亲仍坚持使用蒲扇，
> 蒲扇成了她的一种依恋。

入夏以来的持续高温，我开始担心起老家年迈的母亲来。

"老母亲啊，天气热了，一定记得开空调哦！"

可母亲在电话里答非所问，一会儿说太麻烦记不住；一会儿又说太费电，没得蒲扇好使。最后只听她在嘴里不停地唠叨："还是蒲扇叶子稳当哦！我这辈子几十年都这么摇过来咯！"

想起母亲的那把蒲扇，却突然触动了我的思绪，更牵动了我儿时的记忆，眼前仿佛晃动起母亲轻轻摇动的蒲扇来，是那么清凉，那么惬意……

在记忆的画面里，因为天热，我躺在床上总是翻来覆去睡不着，这个时候母亲手里总是会拿着一把蒲扇，坐在床边，轻轻地扇着风，嘴里还低声哼着不知名的"催眠曲"，一会儿工夫，我就安静了下来，进入了甜甜的梦乡……

在我们老家，蒲扇其实是由棕叶子加工而成，过去在没有更好的消暑纳凉的工具之前，蒲扇成为了家家户户必备之物，那时候每家几乎是人手一把。

记得当我们家里每次买回新蒲扇时，母亲都会拿出针线，用白布条沿周边裹一圈，然后用线细细密密缝上，因为这样既好看又耐用。我们也最爱在蒲扇上胡乱涂鸦，现在还记忆犹新的是将那首家喻户晓、人人皆知的打油诗写在扇面上："六月天气热，扇儿借不得，本想借给你，你热我也热。"

上世纪八十年代，电风扇开始作为奢侈品进入了家庭，但在农村，作为消暑纳凉的主要工具还是蒲扇。因为那个时候经济困难，要买一把电风扇也特别不容易，我印象最深的是为了买电风扇，我们家还召开家庭会议哩。没想到母亲第一个提出来反对，甚至表现得还有些固执：说蒲扇多好，又经济又实惠。还说什么不当家不知盐米贵，可后来也许是看着我们期盼和失望的眼神，心也就软了。只是后来当我们欢天喜地把电扇买回来的时候，不停地骂我们："一群败家子。"

记得在没有电风扇之前，每当夏天酷暑难耐的时候，劳作了一天的人们吃过晚饭后都习惯的将凉席铺在每家的院坝里，手里拿把蒲扇，躺在凉席上边扇边乘凉，大家手中的蒲扇就会忽闪忽闪地左右摇摆，还不时听到"劈啪劈啪"的声音，因为那是用蒲扇在驱赶蚊虫。我清楚记得，当时我家蒲扇不够用，就会相互给对方打扇，为了公平，我经常和姐姐划"石头剪子布"，谁输了就给对方打扇。我总是输，就不服气，便边扇边唱："我给姐姐打扇，姐姐说我勤快，我说姐姐是个妖精妖怪。"逗得姐姐哈哈大笑，虽然自己满头大汗却也非常快乐。等到蒲扇不动了，人也就睡着了。结果到了下半夜，不但要被蚊虫叮咬，还容易感冒。

我们家买的第一台电风扇是"山峡牌"电风扇，这台电风扇成了我们家通上电后的第一件家用电器，更是当时我们生产队唯一的一把电风扇。

记得为买这台电扇当时家里还卖了一头大肥猪哩!

不过,这台电风扇,让我们全家人在村子里骄傲了好一阵子,也因为这台电风扇,改变了左邻右舍夏天夜间乘凉的习惯。

每到傍晚的时候,我们便把电扇放在院坝的中央,村子里的老少爷们、姑娘大姐便围坐在电扇旁,一边吹电风扇,一边拉家常,聊聊村里的新鲜事,谈谈今年的庄稼和收成,既热闹又凉快,好不惬意。

随着科技的进步和发展,现在电风扇、空调、制冷设备等已进入千家万户,蒲扇渐渐开始淡出人们的生活。可在炎热的夏天,母亲仍坚持使用蒲扇,蒲扇成了她的一种依恋。而今每当她在集市上偶遇小商贩吆喝卖蒲扇的时候,母亲就会特别的高兴和激动,有一种如获至宝的感觉,每次都少不了要买一两把回去。还总是会不断地重复那句老话:"电风扇有啥好嘛!扇出的风都是热风,空调里吹出的风又太冷,还容易感冒,唯有蒲扇扇出的风才是自然风,我这几十年不都是这么扇过来的吗?"

不过,我们家也总是在母亲的不断"固执"下发生着新的变化。村子里的人都说,改革开放几十年你们家变化不小,除了政策好,还要归功于你老母亲的勤劳节俭。甚至还调侃:"你们家什么都在发生变化,唯一没能改变的,是老人家一直摇到老的那把蒲扇。"

母亲安好，便是春天 / 徐光惠

慢慢来，春天就快到了，日子会好起来的

> 母亲一生都在渴望春天，热爱春天，母亲的爱如绵绵春雨，滋润着儿女健康成长，让我们的春天繁花似锦，幸福悠长。

当第一缕阳光掠过山野，大地上响起的第一声春雷，奏响了春天的序曲。

母亲在家族微信群里发了两张照片，一张是满山红艳艳的桃花，一张是母亲站在桃花边的自拍照，照片上的母亲笑得很是开心，那笑如桃花一般灿烂。

母亲的春天是从院墙上的迎春花开始的。一场春雨过后，沉寂一冬的迎春花便拔节生长，细长的枝条上发出了嫩绿的新芽。紧接着，冒出一个个可爱的小花苞。忽然就在某个清晨，小花苞们"啪啪"地悄然绽开来，一朵朵小黄花在春风中轻轻摇曳，向人们传递着春来的讯息。

"迎春花开了，这春天哪，就不远了。"傍晚时分，母亲来到院墙边，眼瞅着那一丛恣意绽放的迎春花，自言自语道，脸上带着迎春花一样的笑容。

接下来，芍药打起了花骨朵，长寿花开了，杜鹃花开了，月季爬满藤蔓，开出娇艳的花儿来，满院春意盎然，母亲在花影中来来去去，与花儿们融为一体，如一幅动人的春景图，清新自然。

母亲的春天是从田野里的野菜开始的。初春时节，万物复苏，各种野菜探出头，在春风里蓬勃生长，田间地头随处可见，折耳根、荠菜、婆婆丁、马齿苋、清明花等。那时家里条件差，没啥菜吃，野菜自然就成了我们饭桌上的美味。

母亲提着篮子带着我们去地里挖野菜，教我们如何辨别，如何找野菜的捷径，并告诫我们："刚露头的野菜不能挖，春天正是生长的好时候，长大了的野菜也不要连根拔掉，得留点根，不然来年它就不长了。"

我们记住母亲的话，挖野菜时总是很小心，从不挖那些刚冒出头的嫩芽，浅浅的挖，生怕伤到它们根部，希望来年春天能够再长出来。

刚挖的野菜新鲜、脆嫩，母亲将它们用清水轻轻淘洗就捞出来，说野菜不能用力搓洗，会把它们原本的野味儿和香味儿都洗掉。折耳根和马齿苋放入调料凉拌，吃起来脆生生的，酸辣可口。翠绿的荠菜切碎了和在面粉里，烙成饼或是包饺子，都是不可多得的美味。

最爱吃的是清明粑。清明花绿油油、毛绒绒的，洗净切碎，加入糯米粉揉成团，用腊肉丁、花生、芝麻做成馅儿，包好后上锅蒸熟，清明粑冒着热气，咬一口，软糯可口，唇齿留香。

用婆婆丁炒鸡蛋，味道微苦，我们开始不太愿意吃，母亲说："这个吃了对身体好，不会生疮害病，人哪能不吃点苦？日子都是先苦后甜。"在母亲的灌输下，多吃几回也便觉得不那么苦了。

"春种一粒粟，秋收万颗子"。立春后，母亲就变得格外忙碌，除草、整理菜地、买种子、菜秧，今天点豆子、花生，隔两天种黄瓜、辣椒、茄子，浇水、施肥、捉虫子，每天在地里劳作。

母亲在春天里播下希望的种子，洒下辛勤的汗水，秋天迎来收获的喜悦。在母亲的侍弄下，菜地里的菜一天一个样，瓜秧豆苗出土了，过几天开花了，夏秋时节结果了，红通通的辣椒、绿油油的青菜、圆滚滚的南瓜、长溜溜的丝瓜，从春天一直到秋后，我们家的饭桌上增添了不少滋味。

母亲将吃不完的青菜洗净、晒干，加入白酒放进坛子里密封起来，十天半月后，腌咸菜就可以吃了，掀开坛盖，香气扑鼻，脆生生的。我们年复一年享用着母亲烹制的"美味佳肴"，仿佛拥有了整个春天，滋味难忘。

家里五兄妹，加上奶奶共八口人，父亲一人微薄的工资难以维持一家人的生计，母亲只能四处打零工，运煤渣、锤石子、帮人煮饭，还要照顾年迈的奶奶，为一大家人洗衣、煮饭，忙得像只停不下来的陀螺，却从没见母亲叫过苦、喊过累。

"忙点好，一忙就忘记了时间，日子就过得快，就有盼头。"母亲说。

生活常常青黄不接，食不果腹，母亲忍痛剪掉了两条乌黑的长辫，留下一头干练利落的齐耳短发，只因短发好打理，不费时。父亲和母亲精打细算着过日子，想尽一切办法不让我们饿肚子，度过那些艰难困苦的岁月。不论多么苦累，母亲都没抱怨过，对生活始终充满向往与期盼，冬天昼短夜长，老屋里寒气逼人，如豆的煤油灯一闪一闪。母亲借着昏暗的灯光，为我们织毛衣、纳鞋底，一针一线，神情专注，熬红了双眼，手脚生了冻疮。墙壁上，油灯映现出母亲的剪影，深深定格在脑海里。

"慢慢来，春天就快到了，日子会好起来的。"在漫长难挨的冬日里，这是母亲常挂在嘴边的一句话，她不急不躁，静静等待着春天的到来。

时光像一条静静的河流，无声地向前流淌。如今，母亲已年逾八旬，岁月将她的一头青丝染成了白发，在一个又一个花开花落的春天里，母亲的青春年华悄然流逝，一去不复返。皱纹爬上了她的脸，眼花了，背驼了，记忆力衰退，步子越来越慢，做事变得谨小慎微。让我们欣慰的是，母亲的身体并无大碍，每天坚持走路锻炼，还学会了用智能手机聊天、拍抖音。

母亲一生都在渴望春天，热爱春天，母亲的爱如绵绵春雨，滋润着儿女健康成长，让我们的春天繁花似锦，幸福悠长。

我知道，属于母亲的春天一年一年在减少，唯愿母亲安好，便是春天。

给老娘喊魂 / 刘诚龙

老娘原是我们保护神，现在倒成了我们的"吓人精"

从来不曾给老娘喊过魂，这天入夜，不是我们孩子随老娘归家，而是老娘随我们儿女回屋。

正药汤澡浴。也不知中的是甚东邪西毒，混迹人间，浪迹社会，貌似百毒皆来侵我，腹内原来草莽，竟还生得一副臭皮囊，贱恙多年，苦不堪言。老娘这天，给我泡了药，也不晓得是甚药。泡吧。刚脱衣衫，身子都没浇湿，妻子喂叫喂叫，疾呼疾呼：出来出来，刘诚龙你出来，老娘摔塘里了。

把我魂都吓落，套了衣裤，也没穿鞋，赤脚水湿，踩在光滑瓷板上，呲的一跤，脚收不住，划了一个一字。少年时节，划一字，都感觉嫩肉撕裂，奔老了，这一字，两股感觉在撕裂帛。顾不得那么多了，咚咚咚下楼，碰到了一楼地板，正是夏季返潮，老家说法是扯潮湿，沉一冬，浸一春的地气，都被扯出来了，这个扯啊，也不知是不是当写成车字，车水的车。地板上是一层层水。呲，这回没摔"一"字，摔的是双膝跪地，拜菩萨与拜家主太公的姿势。脚欲站，手在撑，四脚并用，都起不来。爬了一米多，方才站立起来，直望院子中央水塘奔。

水塘在老家院子中央，三口井次第成阶梯排列，最上一口是水井，汩汩泉涌，自铁炉冲山中来，滋养乡亲；下一口是菜井，白菜萝卜都在这里淘洗；再一口，是衣井，阿嫂公都在这里浆洗衣衫。老家称婶婶，喊姑姑，叫阿嫂公，这称呼是甚准确的，妇女顶半边天，劳动起来不输男人公，所以叫阿嫂公。衣井下来，便是水塘，养了鱼，年底干塘，全院子人人有份；沧浪之水浊兮，可以洗尿桶，可以洗拖把，脏一点的东西都在这里洗垢求洁。

老娘这次是去洗拖把。本来，家外有个水龙头。老娘估计是想省水吧，也是水塘里洗，洗得痛快些。老娘拖了一股股从地底扯出来的潮湿，把小屋前坪，全拖了一遍，便捅着拖把，去水塘清洗。水塘不深，深至于腰；水塘有青石砌岸，下岸有三级石阶。后来听乡亲说，老娘不是被呲溜摔塘的，她水里摆弄拖把，拖把把她拖下了水。拖把多重啊，便是水中荡，也不过十几二十几斤力吧。老娘当年，好一个阿嫂公，山路弯弯，砾石嶙嶙，挑百斤谷子，百五十斤红薯，都是飘走，三五里地不下肩。如今，一幅拖把都承不住，一摆，把老娘摆下水了。岁月老了，老娘身体旧了。老娘如一架机器，老旧老旧了。

我赤脚跑到水塘，老娘已被乡亲救了上来。老弟与小女，早跑来。老娘穿的是一件碎花布衣，头发之水，淋漓而下；穿着的碎花布衣，无一处干纱，落汤鸡模样，让人见了，很来眼泪。从我家到水塘，百多米，老弟开了车，把老娘塞进车里。小女也算乖巧，寻了铝桶烧水，陪着老娘洗浴。

谢天谢地谢乡亲。问老娘，是谁当了她的救星，老娘说是又（姓氏）长兄与前门老弟。待老娘澡后，我与老弟提了一瓶酒，寻了一包烟，去感谢两位。前门已在村里一家小店，打起了字牌，把酒烟塞到他手上，他死活不要。我便放到马路上，又去又长兄家去。又长兄也洗完了澡。酒不要，烟他收了。乡里乡亲的，要甚酒啊。只是袋里兜的一包烟，水浸泡了，抽不得了。烟，他收了。回头，我去看我老娘掉水处，果然见了一包烟，摆在青石岸，开了封，几乎是整包，只抽了一二根。

老娘有惊无险，却把人吓得不轻，魂都吓落。老娘原是我们保护神，现在倒成了我们的"吓人精"。近几年来，吓过我们好多次了。几年前，到我居之城住了一两年，住的是我妻子所在的学校空房。跟她说过很多次，她偏偏要去捡破烂。一日，到得一家废厂，门烂窗坏，她去窗头捡一只矿泉水瓶，一块玻璃掉下来，砸中手臂，血流如注，送往医院，住了个把星期的院。后来回家，闲不住，背着扁篮，去扯鸡草，摔了一跤，老骨头摔了一条缝，又是住了半个月。原先，我什么都怕，怕黑怕人，怕雷怕电，怕人怕鬼，现如今是什么都不怕了，唯一怕的是家里打电话。不管是老娘打，还是老弟打，看到电话号码，心怦怦乱跳。

没事吧没事吧。我往水塘边跑，自言自语，无谁回我。这事让我怕的是，今年春节回家，姐夫吓我。吃完年夜饭，姐夫把我拉到一边，神神道道的，他说给老娘看了八字，八字先生说，老娘已有一只马脚软了。老娘是一匹马，一只脚软，好怕人的事。我一路跑，一路想起姐夫那话，心脏都跳到喉咙里来。还好，还好，老娘没事。洗了澡，小女给她泡了姜汤水。老娘提了竹篮，碎步碎步，走到菜园子去，去摘晚餐的四季豆了。

我与老弟在犹豫，要不要送老娘去诊所，或者卫生院？看到老娘，依然一身老劲头，步子不减平日，说话也如平常，换了衣没换人，摘菜煮饭，没事一样。商量了一下，等过这个夜晚吧，若没发烧啥的，就不去了。病暂时不用去看，老娘怕是吓了一跳吧。那把今天事，告诉姐妹。姐嫁在南方，中间隔一条河，妹嫁在西方，中间隔一座山，都是七八里的样子。打了电话，告诉她俩，她俩吓得魂飞魄散，放下锅里饭，一路飞跑，一脸汗，跑了来。

其实，她俩上午来过，中午吃完饭，刚走。

姐妹不是来陪老娘去看病的，是来给老娘喊魂的。老娘怕是第一次被喊魂吧。往日可追，都是老娘给她子女喊魂。我素来胆小，夜里受过不少惊，山里受过不少吓，水塘边乃至水缸边（华灯初上，去碓屋水缸舀水）都被吓过，老娘便给我喊魂。把我被吓得四处游荡的魂魄，喊回来，招回来，皈依肉身，使我灵肉不至分离，变行尸走肉。

喊魂，是楚地旧俗，已有数千年史。屈原有一篇《招魂》，中有句子曰："魂魄离散，汝筮予之。"中又有句子曰："魂兮归来。南方不可以止些。"百度可知，屈原这篇《招魂》是模仿楚地民间招魂习俗写的。世世代代，母母仔仔，在老家，都时不时听得乡亲吟哦屈原《招魂》，楚辞传承在楚地，真是源远流长。

民间没那么书面，也没那么复杂。老家喊魂是蛮简单的。人在哪里吓的，便去哪里喊魂，若是掉水，还持一只竹箕或竹篮，从掉水处捞魂。喊魂的是两人，一前一后，前头的喊：某某，回来噢；后面的应：回来了喔。一路喊，喊到家。到家后，在失魂者额头上划十字，或是两边划：三魂七魄归体，七魄三魂归身。

喊魂都在黄昏。正是薄暮，我站在阳台上，听我姐在前面喊：恩妈，回来喔；我妹后面应：恩妈，回来了。归鸟天上飞，也自远处回。我听得姐妹呼与答，有些心酸。从来不曾给老娘喊过魂，这天入夜，不是我们孩子随老娘归家，而是老娘随我们儿女回屋。老娘在屋里坐着，随她子女摸额头。老娘在，我们自在。

观察了几天，老娘真没事。让我们放下心来。天下再大事，都感觉没事了。老娘若没事，天下便没事。没送老娘去诊所与医院看病，我们只把老娘置中医国学与传统习俗里疗伤，嘿，疗效相当好。

陪护夜的拉锯战 / 陈呈

我在母亲的病床前，梦里拉着妈妈的手

在住院病房难得的静谧中，我终于沉沉睡去，梦中我拉着母亲还没有晒斑皱纹的纤长的手。

窗外夜色已浓，星星是一颗也没有的，月亮像水墨画一样渲染出一圈朦朦胧胧的光晕。我躺在靠窗的病床上，转头看向天花板顶垂下来的空空的吊瓶挂杆，有些失眠。这病床上的"旧人"白天已经康复出院，"新客"暂未入住，让我有此殊遇，不用睡在又窄又硬的陪护床上。

早些时候，走廊上往来的各式足音渐息，隔壁的痛哭声、埋怨声、咒骂声、聊天声也渐渐小了，只听见母亲所在的病床边"滴滴——嘟"两声小、一声大的体征检测仪的声响。

"这机器声音是不是太大了，影响你睡觉吗？要不要找护士来关了？你明天一早还要赶去上班。"母亲的声音从隔挡两床的蓝色帘子那边传来。

我从小睡觉对光不敏感，对声音却很在意，但我惊诧于母亲隔着帘子也能"料事如神"："不要紧。你这才术后第二天，有这机器监测着，心里踏实。"我赶紧说。

　　"要不然你回家去？真没必要陪我。我就摘个小息肉，也不会有啥问题。"看来母亲又要跟我继续前几个小时一会儿一次的"劝退"拉锯战。

　　"哎呀，真没啥，我该陪的。上次都是老爸陪的。"我回道。

　　确实工作多年，这还是我第一次为母亲住院陪床。还记得刚入职不久那次母亲住院，她自己看病就医，照钼靶彩超，听了医生诊断后，当机立断决定手术，术前自己签了手术同意书，进手术室前才告知我和父亲。我那时工作紧张，加上刚刚入职，生怕影响自己在单位的表现，连个事假也不敢请。等我下班赶到病床前，父亲早已坐在母亲病床边。父亲见我到了，让我看着母亲，他出去买晚饭。所以，严格意义上来说，那次母亲住院我连热饭都没能给她送上一口。

　　那天晚上父亲也说："你留下来照看你妈。"母亲却说："孩子刚入职，单位管得又严，别让她为难。你们都回去，我自己没问题。"我懦弱地沉默了。父亲缓缓看了我一眼，对她说道："那我来，你这腋下的创口，晚上喝水都不方便……"

　　"你回去吧？啊？希望公交末班车还没收，不行让你爸来把你接回去，'滴滴'你晚上一个人坐，万一不安全……"母亲的声音陷在枕头里，有点低沉，把我唤回现实。

　　"真不用了，老妈，你别操心我，我明天早上到点走就是。"我回道。

　　"那我把这机器关了。"她说着，而后生怕我会拒绝似的，又赶紧补充了一句，"我也怕闹。"

　　还没等我撩开帘子坐起来，先是"窸窸窣窣"拔管子的声音，按开关的声音，然后体征监测仪的声音就戛然而止了。

"你赶紧睡吧。"母亲把我安排得明明白白的。

　　"那晚安。"我不好再说什么。

　　于是，在住院病房难得的静谧中，我终于沉沉睡去，梦中母亲不时染黑的短发长成了年轻时乌黑亮丽的长马尾，我似乎变矮不少，拉着母亲还没有晒斑皱纹的纤长的手，又走在那条通往我记忆最初的老筒子楼的路上。

恋茶的娘亲 / 顾文显

娘说，茶末好，里面掺了许多好茶

此夜，我始终难以入睡。娘亲的话，如甘咧的茶，让我品咂不尽哪。

半杯淡黄色的汁水优雅地倾入瓷盏内，细碎的茶叶在开水的冲击下，欢快地翻腾于茶盏里。我清楚地记得，那茶盏底部盖着景德镇的朱红印记，通体几乎透明、带只精致的把儿，喇叭形杯口外圈镶着金边。我接过，端起，便有热哄哄的蒸汽温柔地抚摸着我的鼻翼，像娘亲的哈气。娘微笑着鼓励我：品一口，尝尝。

我儿时在青岛市区长大，当时我们四方路南端有家"瑞芬茶庄"，娘几乎每月都要光顾一回，花一角钱买一大草纸包茶末儿。娘说，茶末好，里面掺了许多好茶。多少年后我才知道，日子穷，她不喝茶末喝什么。

我端起茶盏抿了一小口，苦。但面对娘亲期待的目光，我用力咽下，并说，好喝。

娘说，乍喝是不习惯的，喝出味来，还就舍不掉了，像我。

在娘亲的"唆使"下，我渐渐学会了喝茶。同时，也知道了茶末是最便宜的茶，且当时卖茶的直接伸手去那装茶的大玻璃罐里抓，沉淀到最后磨碎了的便是茶末，现在想想，极不卫生，可是当时连卖馒头或者压面条都直接用手抓，谁也没有考虑到卫生这个词儿。我倒是好奇，为什么便宜的反而好，那贵的是什么味儿？等我有了钱，非买贵的尝尝不可。

娘亲当年出生于青岛市区一个富商家庭，还是独生女，她的少女时代不仅在青岛读书，还去过泰安、济南、天津和北京等地求学，说经多见广毫不夸张，新中国成立前下嫁给一介平民的我父亲，其言谈举止，那可不是周围邻居所能望其项背的。我记事时正是三年灾害期间，市民拿水舀子喝凉水的不在少数，而娘亲基本非茶不饮。那时候，我已有两弟一妹，娘亲虽然很操劳，但写字台上放着一套景德镇茶具，略偷得空闲，她就斟上半盏茶，浅浅地呷。

起初，我是像喝汤药似地把一杯苦吞下肚，娘亲慈爱地嘲笑我："茶要一小口一小口地品，哪能那么喝法，岂不成饮驴了吗？"

记忆中娘好像只对茶末儿感兴趣。连"瑞芬茶庄"的卖茶老头儿都热情跟娘打招呼："茶末又喝完了？"娘并没感觉那话有什么不友好，确实，当年穷市民能喝起茶末的也并不多。娘对我说，别看这东西稀烂贱，里面却夹杂着许多好茶叶呢。因此，我就接受了"喝茶叶末最明智"这一真理。

12岁那年，父亲把全家带到吉林长白山区一个贫穷的农村。那套名贵茶具，从青岛搬家前就贱卖掉了。娘亲沦为村妇。她做不了农活儿，满腹经纶又无人听得懂，在"同行"面前，便只剩下了自卑，也就没心思提及"茶"字。只有临近春节时，父亲派我去山外办年货，她才插一句："买二两茶叶，一角钱一两的就行。"

就是喝这点"年茶"，娘亲也不能张扬。当时大家穷得除了阶级仇恨，似乎没别的，肚里填充着全是野菜，即使请人家尝一口，必皱眉道："苦！这东西刷肠子，有点油水尽刮了去，白送也不喝！"

　　山沟里盛长着一种野刺玫瑰，据传可以当茶叶。娘亲听说高兴非常，大夸"关东山真是宝山啊"，立即带着我摘了满满两筐。然而，当过资本家小姐的娘亲，根本不知道茶是如何制作。于是生沏，干晒……除了草叶子味儿再没别的，一个轰轰烈烈的制茶运动，就这么蔫退了。现在回忆，娘亲当初说不定有多失望……

　　再往后，娘亲又随父亲搬到黑龙江，次年，父亲在那边去世，她拉扯着弟弟们生活。我在吉林这边写作、教书，不久走出那个封闭的穷山沟，到市区工作，日子渐渐丰裕。由于经常去江南开笔会，很早就接受了绿茶。突然，有一年想起来，给娘亲寄了点茶去。

　　唉，时代有局限性啊。想娘亲当年，何等高贵和有文化，而她却不懂茶，喝茶可能只是追逐时尚，竟然说茶末儿好！我只是默默地寄了去，绝不敢点破此是"绿茶"二字，无知也是历史之过，我有什么资格嘲笑生我养我的娘亲！

　　没有想到时隔年余，我去黑龙江探母。她兴奋得不得了，亲自烧开水，从箱底找出茶来，竟是我寄的那包！娘亲说，这是绿茶，专留了招待贵客的，可惜他们不会品尝，直说青草芽子味儿。我大惊，说，娘，您不是爱喝茶末儿吗？娘惨淡地一笑，说，到哪山，砍哪柴；过哪河，脱哪鞋啊。

　　娘亲原来极懂茶！她是因被儿子们吃空了钱袋，才不得不靠茶末儿维持那一丝对茶叶的依赖。我鼻子一酸，说，娘呀，这茶叶不能长期存放的，以后，我经常给您寄绿茶，我让南方的学生直接寄您，明前茶。瞧，我又班门弄斧，告诉娘亲陈茶不好喝了。

以后，我坚持给娘亲寄茶叶。四个弟弟同村居住，我猜想，有客来，或许哪个去问，娘，有茶吗，给点儿？这也能给老人家一些自豪感吧，大儿子千里迢迢的一片心意！打电话，我也常常问，茶喝了吗？娘总说，多的是，千万别寄了。

今年春节后，我又带小儿乔乔去看望老人家，给她捎去一些湖北绿茶。这时，我观察娘亲，箱子里的茶，还积存那么多。我不满道，娘，您怎么跟咱沟里那个抠门儿老太太似的，专把猪油放长毛了才舍得吃！娘笑道，我才不会像她那样。却依然没打开我送去的新茶。

次日，三弟陪我去异地采风，之后在三弟处喝酒到深夜，才回去陪娘亲休息。每次我哥儿俩都在她老人家炕上睡，就想在她的晚年多陪一会儿。酒渴难耐，我不待娘亲自起来沏茶，自己端起壶抢着倒了一杯。

这一倒，倒出了我的眼泪：娘喝的还是前天为我泡的茶叶。我离开这几天，她一直喝乏茶，那水几乎透明了，细看，能发现夹杂着一点点碎茶渣儿。我还回忆起，她自己即使泡茶，也捏那么一小撮撮……难怪我寄的那点茶，她总也喝不完！

我严肃地批评道，娘，您说您不像那抠门老太太，这是怎么啦？喝过夜茶伤脾败胃。

娘像做错了事似的，抱歉地笑笑说，我懒得倒腾，也就疏忽这一回让你抓现行了呗。

此夜，我始终难以入睡。娘亲的话，如甘咧的茶，让我品咂不尽哪。一个富裕家庭出身的知识女性，成人后历尽磨难，又寡居 30 年，将三弟以下 4 个儿子一个个拖大……直到见了第四个重孙女，她已无力抱起，还推着童车哄重孙女儿。她懂茶、恋茶，却又强咽下那种依恋，把茶的一页沉重地翻过，只因她如今不能挣钱，她认为花儿子的钱，不仗义啊。

我的娘亲，您曾经确实是一片名贵的茶叶，可禁不住千遍万遍地浸泡，将营养的汁液无私地浸润给了儿孙，把您自己泡成了枯片！而您，眼看儿子们一个个长大成人并且在各自领域熠熠生辉，那种成就感传送到您每一个细胞，即使品着这样的残汁，您满足的感受竟然胜过香茗……

老妈的"高光时刻" / 何龙飞

无论家庭还是事业，老妈"高光时刻"里饱含的挚爱

> 就这样，慢慢地回味那些"高光时刻"，
> 感悟人间大爱和人生哲理。

老妈今年74岁了，闲时爱忆旧，尤其爱忆属于她的"高光时刻"，如数家珍，娓娓道来。

家庭承包到户后，老妈有了积极性，除与老爸一起耕种田土外，就把大量的精力用在了喂猪上，旨在肥猪出栏后，有收入来弥补家用，还可以改善一家人的生活。特别是我和弟弟需要补充营养，才能更好地读书，家里飞出"金凤凰"的希望才大。

老妈和老爸同去赶场，经过讨价还价，买来两只猪仔喂养。这下，可把老妈辛苦至极。瞧，她每天坚持"打"猪草，和着米糠、包谷、红薯一起煮熟，再将猪食舀进桶里，提到猪圈里去喂食。

猪们饿极了，狼吞虎咽地吃起来，还甩起了尾巴，看得出来，吃得欢。

老妈瞅见此情此景，禁不住笑了，那样开心，那样充满信心。

如是起早摸黑地喂猪的日子重复着，老妈的感受是：累并快乐着，为了既定目标，辛苦点，值得！再则，猪们挺"争气"，一天天吃了睡，睡了吃，渐渐长得膘肥体壮，把老妈乐得心花怒放。

老爸过来目测，估计两头猪都超过了300斤，可谓名副其实的"大肥猪"，可以出栏了。

老妈也很高兴，对自己的"劳动成果"颇感欣慰。不过，她盼望着过秤，毕竟眼见为实，耳听为虚。

呵呵，老爸喊来邻居帮忙，把肥猪捆绑在了猪架上，大秤一称，不出所料，大肥猪310斤，小肥猪302斤，印证了老爸估计的准确性。

那时，我们看见老妈的脸上笑得十分灿烂，合不拢嘴，就像一个士兵打了大胜仗那样欣喜不已。我们知道，老妈花了一年多时间，喂养出来的大肥猪那么重，此时此刻能不是她的"高光时刻"吗！

让老妈感到自豪和骄傲的是，在她赢得了"养猪能手"的称号后，吸引了不少亲朋好友、邻居前来"取经"，带动了当地养猪业的发展。

当"取经者"回去效仿并养出大肥猪的喜讯传来时，老妈像个小孩子似的，兴奋得蹦跳起来，多惬意呀！是啊，这又是一个属于她的"高光时刻"，岂能不畅爽和满意！

家里贫穷，老妈渴盼着我们好好读书，出人头地。于是，老妈和老爸勤奋耕耘，尽力把田土种满种尽，多想在土地里刨出"金娃娃"，以便更好地培养我们读书；他们省吃俭用穿旧衣服、缝补丁，半月以上才打一次"牙祭"，为的是省下钱来供我们读书；他们喂猪、牛、鸡、鸭、鹅，及时出栏，换回一叠叠钞票，满足我们读书的需要；他们在借钱成问题的情况下，不惜到信用社去贷款，也要解决我们读书的费用紧缺问题。

由于有了"斗争精神""奋斗精神""不服输的精神"，老妈的辛苦再度换来了她的"高光时刻"——两个年份的秋天，我和弟弟先后考上中专、大专，跃出了"农门",当上了"金凤凰",老妈闻讯后,放声大笑,快活至极。

后来,我们在学校参加比赛获得了等级奖,入了党,当上了"学生干部",在工作岗位上创造出自我价值,在文学写作方面出版了一本本书,加入了各层级的作协,在家庭中恩爱、和美,等等。纷至沓来的这些"美事"也成为老妈引以为荣、发自内心高兴的"高光时刻"。

还有,老妈不忘"家庭煮妇"职责,坚持做水豆花、甜酒、软荞粑、包谷粑、笋子炖腊排骨、大豆炖猪脚、烧白、粉蒸等美食,犒劳我们的肠胃,陶醉我们的心灵。

我们心满意足、脸露微笑的时刻,也是老妈厨艺长进、心里乐开了花、面带笑容的"高光时刻"。

就这样,慢慢地回味那些"高光时刻",感悟人间大爱和人生哲理,老妈的精神世界可富有了,一直幸福着。

我们受到了感染后,由衷地感激老妈"高光时刻"里饱含的挚爱,虔诚地祝福,直到永远。

第 4 辑

/

来生还要做我的母亲

树欲静而风不止，子欲养而亲不待。

春天来了，母亲，我又想念您了！

我不说怀念，是想念，

怀念这个词儿是给那些不在了的人用的——

您还在，您永远都在！

母亲，您知道吗？

虽然您已远我而去，

虽然您的音容笑貌渐渐变得模糊，

但是，您早已化为了我记忆中的永恒风景！

母亲，您知道吗？

我对您的想念是悠长悠长的，

从这个世界一直蔓延到那个世界去了。

母亲，来生您还要做我的母亲啊！

芭蕉花 / 郭沫若

为什么一朵芭蕉花，却让母亲、父亲那样伤心

> 幼年时摘取芭蕉花的故事，为甚么使我
> 父亲、母亲那样的伤心，我现在是早已知道
> 了。

这是我五六岁时的事情了。我现在想起了我的母亲，突然记起了这段故事。

我的母亲六十六年前是生在贵州省黄平州的。我的外祖父杜琢章公是当时黄平州的州官。到任不久，便遇到苗民起事，致使城池失守，外祖父手刃了四岁的四姨，在公堂上自尽了。外祖母和七岁的三姨跳进州署的池子里殉了节，所用的男工女婢也大都殉难了。我们的母亲那时才满一岁，刘奶妈把我们的母亲背着已经跳进了池子，但又逃了出来。在途中遇着过两次匪难，第一次被劫去了金银首饰，第二次被劫去了身上的衣服。忠义的刘奶妈在农人家里讨了些稻草来遮身，仍然背着母亲逃难。逃到后来遇着赴援的官军才得了解救。最初流到贵州省城，其次又流到云南省城，倚人庐下，受了种种的虐待，但是忠义的刘奶妈始终是保护着我们的母亲。

直到母亲满了四岁，大舅赴黄平收尸，便道往云南，才把母亲和刘奶妈带回了四川。

母亲在幼年时分是遭受过这样不幸的人。

母亲在十五岁的时候到了我们家里来，我们现存的兄弟姊妹共有八人，听说还死了一兄三姐。那时候我们的家道寒微，一切炊洗洒扫要和妯娌分担，母亲又多子息，更受了不少的累赘。

白日里家务奔忙，到晚来背着弟弟在菜油灯下洗尿布的光景，我在小时还亲眼见过，我至今也还记得。

母亲因为这样过于劳苦的原故，身子是异常衰弱的，每年交秋的时候总要晕倒一回，在旧时称为"晕病"，但在现在想来，这怕是在产褥中，因为摄养不良的关系所生出的子宫病吧。

晕病发了的时候，母亲倒睡在床上，终日只是呻吟呕吐，饭不消说是不能吃的，有时候连茶也几乎不能进口。像这样要经过两个礼拜的光景，又才渐渐回复起来，完全是害了一场大病一样。芭蕉花的故事是和这晕病关连着的。

在我们四川的乡下，相传这芭蕉花是治晕病的良药。母亲发了病时，我们便要四处托人去购买芭蕉花。但这芭蕉花是不容易购买的。因为芭蕉在我们四川很不容易开花，开了花时乡里人都视为祥瑞，不肯轻易摘卖。好容易买得了一朵芭蕉花了，在我们小的时候，要管两只肥鸡的价钱呢。

芭蕉花买来了，但是花瓣是没有用的，可用的只是瓣里的蕉子。蕉子在已经形成了果实的时候也是没有用的，中用的只是蕉子几乎还是雌蕊的阶段。一朵花上实在是采不出许多的这样的蕉子来。

这样的蕉子是一点也不好吃的，我们吃过香蕉的人，如以为吃那蕉子怕会和吃香蕉一样，那是大错而特错了。有一回母亲吃蕉子的时候，在床边上挟过一箸给我，简直是涩得不能入口。芭蕉花的故事便是和我母亲的晕病关连着的。

我们四川人大约是外省人居多，在张献忠剿了四川以后——四川人有句话说："张献忠剿四川，杀得鸡犬不留"——在清初时期好像有过一个很大的移民运动。外省籍的四川人各有各的会馆，便是极小的乡镇也都是有的。

我们的祖宗原是福建的人，在汀州府的宁化县，听说还有我们的同族住在那里。我们的祖宗正是在清初时分入了四川的，卜居在峨眉山下一个小小的村里。我们福建人的会馆是天后宫，供的是一位女神叫做"天后圣母"。这天后宫在我们村里也有一座。

那是我五六岁时候的事了。我们的母亲又发了晕病。我同我的二哥，他比我要大四岁，同到天后宫去。那天后宫离我们家里不过半里路光景，里面有一座散馆，是福建人子弟读书的地方。我们去的时候散馆已经放了假，大概是中秋前后了。我们隔着窗看见散馆园内的一簇芭蕉，其中有一株刚好开着一朵大黄花，就像尖瓣的莲花一样。我们是欢喜极了。那时候我们家里正在找芭蕉花，但在四处都找不出。我们商量着便翻过窗去摘取那朵芭蕉花。窗子也不过三四尺高的光景，但我那时还不能翻过，是我二哥擎我过去的。我们两人好容易把花苞摘了下来，二哥怕人看见，把它藏在衣袂下同路回去。回到家里了，二哥叫我把花苞拿去献给母亲。我捧着跑到母亲的床前，母亲问我是从甚么地方拿来的，我便直说是在天后宫掏来的。我母亲听了便大大地生气，她立地叫我们跪在床前，只是连连叹气地说："啊，娘生下了你们这样不争气的孩子，为娘的倒不如病死的好了！"我们都哭了，但我也不知为甚么事情要哭。不一会父亲晓得了，他又把我们拉去跪在大堂上的祖宗面前打了我们一阵。我挨掌心是这一回才开始的，我至今也还记得。

我们一面挨打，一面伤心。但我不知道为甚么该讨我父亲、母亲的气。母亲病了要吃芭蕉花。在别处园子里掏了一朵回来，为甚么就犯了这样大的过错呢？

芭蕉花没有用，抱去奉还了天后圣母，大约是在圣母的神座前干掉了吧？

这样的一段故事，我现在一想到母亲，无端地便涌上了心来。我现在离家已十二三年，值此新秋，又是风雨飘摇的深夜，天涯羁客不胜落寞的情怀，思念着母亲，我一阵阵鼻酸眼胀。

啊，母亲，我慈爱的母亲哟！你儿子已经到了中年，在海外已自娶妻生子了。幼年时摘取芭蕉花的故事，为甚么使我父亲、母亲那样的伤心，我现在是早已知道了。但是，我正因为知道了，竟失掉了我摘取芭蕉花的自信和勇气。这难道是进步吗？

母亲住在一朵云里 / 石兵

他确信，母亲走后，一定是住在了这朵云里

> 看着一朵朵白云向着母亲的方向飘去，
> 他的心中充满了平和，他想，这云会佑护着
> 母亲吧。

1

少年时，母亲带他去一个山坡上看云。那是个清晨，清澈的阳光倾泻在草尖的露珠上，每一滴露珠都闪亮着，接纳着这个世界的缓慢与悠远。

他随母亲来到一处平坦的草地，母亲指着天边不断幻化的白云，对他说，这些云会满足你的愿望，会变成你昨天想要的那些玩具，只是，你要仔细捕捉它们的痕迹，因为，它只能为一个孩子存在很短的时间，全天下孩子的愿望它都要一一实现呢，你一定要用心，才能找到那朵属于你的云。

母亲说完后，用手轻轻拂过他的头，母亲的手柔软得像天上的云，带着一点皂角的味道，每当忆起，总让他有一丝不真实的味道。

那一天，他真的从一朵云里找到了自己想要的玩具，那是一只毛绒绒的小狗，他清晰地看到了小狗洁白的小蹄子和耸动的小鼻子，他兴奋地要把这个发现告诉母亲，却发现，不知何时，母亲已经俯身在不远处的稻田

里，她正在侍弄那些幼小的禾苗，母亲的腰身深深弯了下去，阳光洒下来，稻田中水光荡漾，禾苗上无数露珠随着母亲在泥泞中的移动滚滚而落，露珠中倒映的世界在瞬间破碎，溶入了泛着黄色泥浆的水洼中。

他幼小的心突然一颤，一个月前，在稻田中劳作的还是健壮黝黑的父亲，可如今，父亲只能躺在家中宽大的土坑上。那些可怕的血吸虫，潜伏在稻田深处，竟循着父亲的双腿进入了他的心脏，让如山岳一般高大的父亲垮塌了下去。

想起父亲，他的目光顿时黯淡下来，不敢再看母亲，可是，当他再次寻找天空中那只洁白的小狗时，却发现它早已不知所踪了。

那是母亲第一次带他看云，那一年，他五岁。

2

母亲总是忙碌不停，她将大把时间放在了稻田里，她还会偶尔失踪，然后一脸苍白的出现。他则已习惯了沉默，总是一个人来到这片山坡，看天上白云变幻，找寻那片为他幻化出心中愿望的云。

他十五岁那年，父亲终于撒手而去，卧床十年，父亲四肢萎缩面黄肌瘦，十五岁的他抱着父亲，像抱着一把稻草，可是，当他把这把稻草交给母亲时，母亲却在瞬间被压垮了。他这才发现，曾经高大的母亲已经矮了他一头，她俯在床边，仔细擦洗着父亲的身体，仿佛父亲从未离去，恍惚中，母亲变得朦胧起来，像天上的一朵云般遥不可及，她在迅速变幻着，十年来的变化在这一刻重新浮现，当一切尘埃落定，他终于确信，曾经高大、温柔、坚强的母亲已变得矮小、苍老、脆弱不堪了。

十年了，时光也像天上的云朵般无常，他渐渐长大了，母亲却在迅速枯萎。

处理完父亲的后事，他一个人悄悄来到那片看云的山坡。那时天还没有亮，草地上水漉漉的，天上的云还在沉睡，他小心翼翼地脱下鞋袜，生平第一次走入了那个带走了父亲、圈牢了母亲、养活了自己的稻田。

踏入稻田的一瞬间，一股冰凉的寒意顺着他的小腿冲入脑际，滑腻的黄泥让他脚下一滑，摔倒在一片泥泞之中，他奋力扑腾着，双脚却在无处不在的黄泥中无法控制，他竟无法在这片只能没过小腿的稻田中站起身来，一瞬间，他明白了为什么母亲自从踏入这片稻田，挺拔的腰身便日渐佝偻，光洁的肌肤变得黯淡无光，温暖如云的双手也变得如此坚硬干枯。

终于从稻田中挣扎而出后，他趴在草地上痛哭了许久，直到寻找而来的母亲将他揽入怀中，他才擦去眼泪，不顾浑身的泥泞，毫不犹豫地再一次走入了那片稻田。

这一次，他没有再惊慌失措，因为他看到，就是在刚才，一直镇定坚强的母亲变得惊慌失措，她抱着他，不知道该如何安慰这个已高她一头的儿子，他仰卧在母亲怀中，透过母亲惊慌的脸庞，看到天空中一朵朵云在朝阳的映照下放射出灿烂的霞光，那光在瞬间便涤荡了整个世界无边的黑暗。他终于明白，原来，那柔弱的白云也有如此坚强的一面。

从此，在忙碌的学习课余，他便会走入了那片稻田，忙碌间隙，他还是会抬头，看天上的云。

看云，渐渐成了他生命中不可或缺的部分，伴随着他的成长。在云中，他看到了无常的人世，他常常想，那些云多像这个世上的事啊，变幻无常，无法把握，那些云多像这个世上的人啊，随风飘荡居无定所。

3

母亲仍然是稻田中最忙碌的人，随着他升入高中，从小山沟走入县城，那片稻田已经离他越来越远了，他只能利用周末时间拼命地在稻田中劳作两天。

这时，他有了一个惊人的发现，原来，县城天空的云竟然与小山坡上的云是不一样的，在县城看云时，他发现白云匆促了许多，它们似乎都在向某一个地方飘移，而小山坡上的云几乎是静止不动的，县城的云零散无序，小山坡上空的云错落有致。由此，他确信，所有的云都在向这片小山坡汇聚，这究竟预示着什么呢？这儿，只有自己日夜劳作疲惫不堪的母亲。

　　当大学录取通知书在他手中的时候，他犹豫起来，他知道，自己上不起这个学，但是，这又是改变人生的最好机会。他不敢把这些事告诉母亲，他知道，母亲已经透支了自己的生命，他已经十九岁了，不应该再让母亲来承担这些沉重了。

　　高中生活结束后，他在一个黄昏回到家，告诉母亲，自己没考上大学，想去外地打工，母亲听了他的决定后沉默不语，过了许久，母亲才从那个承载了父亲最后十年生命的土坑下取出一个青布小包，母亲轻轻打开一层层布，露出了一沓崭新的百元纸币。

　　他的身体不由自主地颤抖了起来，他知道，母亲不该有这些钱。母亲似乎看出了他的疑问，缓缓对他说，娘不会偷不会抢，也借不来这么多钱，你多病的时候，娘把亲戚家都借遍了，再也借不来钱了，这时有人出主意，说县城里有一个血站，虽然不是公家开的，但是给的钱不少，所以，娘就卖了一回血，血站的人对娘说，正常人卖血没有事的，而且，娘的血型很罕见，很值钱。

　　他终于解开了心中的迷惑，为什么娘会偶尔神秘消失，为什么再出现时娘的脸会变得那么苍白，为什么娘曾经四次晕倒在了稻田里。那天，他抱着母亲瘦小的身体哭了许久，然后取出了那张叠得方方正正的录取通知书，和母亲一起又笑了许久。

　　那天夜里，他再也睡不着了，一个人走到了小山坡上，他抬头望天，竟然发现一片片云正在月光中潜行，午夜的云不再变幻，它们静谧地飘移着，俯瞰着尘世间的芸芸众生。

4

他成了村里少有的大学生，当怀揣着母亲用血换来的钱走入大学校园时，他有一种彻骨的疼痛，却也有着无比的坚定。他对自己说，娘，再等我四年吧。

在大学校园里，他依然常常看云，看着一朵朵白云向着母亲的方向飘去，他的心中充满了平和，他想，这云会佑护着母亲吧。

大三时，母亲生了一场重病，他想休学照顾母亲，但被母亲拒绝了。母亲对他说，娘的病没事，养养就好了，只是可惜了那片稻田，正是播种的季节。

毕业后，他留在城市里，每个月都会寄给母亲厚厚的钱，城市生活忙碌无比，他渐渐丢掉了看云的习惯，还减少了看望母亲的时间，他也想接母亲来城里，但母亲念着那片稻田，不愿来城市，母亲还说，城市里留不住人，城市里的人就像天上的云一样，身子停不下来，心也不知道该放在哪里。

再后来，他结了婚，生活变得更加忙碌，最长的一次，竟然有三个月没有回去看母亲。那时，他的妻子怀了孕，他在公司升了职，他忙得焦头烂额，也就是在那时，传来母亲去世的消息。

那一天，他忍住彻骨的心痛，放下了一切赶往家乡，在车站等车时，他下意识地望向天空，却发现天空澄澈万里，竟然没有一丝云的痕迹，他顿时泪流满面，他痛恨自己竟然这么久没有看云了，竟然没有留意到，它们也有随风而逝的一天

他把母亲葬在了那个小山坡上，和父亲葬在一起，那一天，天空中白

云朵朵，大地上绿草如茵，他走入那片熟悉又陌生的稻田，将一株株禾苗扶正，为它们端正根系，清洁残叶，然后，他就站在稻田里仰起头来，他看到，自己的头顶有一朵大大的白云，那白云像一柄张开的伞，又像一盏点亮的灯，拥有着沉默而巨大的力量。

他确信，母亲走后，一定是住在了这朵云里。

追忆母亲 / 万俊华

儿呀，你的生日没有鸡蛋，行啵

> 在这清明时节，那一幕幕情景就像电影一样总是时时浮现在我的眼前，叫人不能忘怀。

我的母亲，说起来叫人不信，她一生连个名字都没有。因为她是罗家白兰何家庄人，所以，大家都管她叫何家人。

母亲最早给我的印象，是我平生第一次生病发高烧的那天早上。朦胧中，母亲把我抱在怀里，带了个一头有节的茅竹筒，来到队部食堂排队吃粥。当时，我那双小眼睛眼睁睁看见大师傅把竹筒勺满了。哪曾想回到家，竹筒让猫给撞倒了，稀粥洒了脏兮兮一桌。母亲赶紧将稀粥围捧起来放回竹筒，然后温热喂给我吃。

不久，"大锅饭"解散了。那年月，家中有上顿没下顿的事情经常发生。就算是有一顿，也因为母亲每次煮稀饭时都要在那少得可怜的米粒中抓起一把米，说是积粮防饥，然后从中加进一堆野菜。到了吃稀饭时，大家只能是数米粒。而母亲，则几乎每餐都是以野菜果腹。眼看着母亲细小的身躯，就这样一天天瘦弱了下来。而她每次抓下的一把米，后来在大荒年月还真成了我们全家人的救命之粮。

一天傍晚，家中来了一位高个子。原来他是我在城里上班的叔伯二兄。二兄将手里端着的一碗米饭送给了我。饿得骨瘦如柴的我，如狼似虎地吃到这碗又软又甜又香的大米饭。

听母亲说，那是一碗糖拌糯米饭。我发誓，长大后一定要让母亲也能天天吃上这世界上最好吃的东西了。

我们村前就是南钢生产厂区。厂区内有个食堂，儿时我常常光顾那儿寻找"宝物"。我最喜欢掏到的东西是藕节。因为母亲会做"拳头丸"。母亲做"拳头丸"时，但见她先将藕节刨去藕须，尔后将其刨碎，放进点盐等佐料，再用手握成拳头状，最后放到蒸笼里这么一蒸，就成了世上一绝的美味佳肴了。

儿时我最为祈盼的日子，就是节日和生日，因为有鸡蛋吃。然而有一年生日前夜，母亲对我说：儿呀，你的生日没有鸡蛋，行啵？

那时我还小，不懂大人生话的艰辛。便向母亲死活吵着要吃蛋炒饭。吵着吵着，就睡着了。

想不到第二天，在那口大"蓝边碗"中，我还是看到了我梦寐以求的蛋炒饭。当我吃着母亲从邻家借来的鸡蛋时，止不住的泪水直往我那碗中滴：世上只有妈妈好。

的确，一碗饭，一个鸡蛋，对于现在的人们来说，算不了什么。然而，儿时那碗饭，那个蛋，我能够吃上，那是母亲付出了太多的心血换来的呀。

每逢节日倍思亲。如今，尽管时过境迁，母亲早已离开我们40多年了。然而儿时那些往事却还历历在目，在这清明时节，那一幕幕情景就像电影一样时时浮现在我的眼前，叫人不能忘怀，教我懂得感恩。

清明忆母亲 / 张儒学

有母亲的呵护，是我一生中最快乐最幸福的时光

> 母亲坟前的小树在摇曳，像是在呜咽，
> 更像是在低泣，树叶上一滴滴晶莹的雨滴，
> 像是在诉说一个个遥远哀婉的故事。

1

又是清明节，我感觉天空中下着的雨，凄凄寂寂且忧伤，因为这个清明，我想起了母亲，这让我的心情无比悲痛。

雨细细的，飘在青烟色的天空里，飘在清明时节的路上，飘在祭奠人的心上。沿路前行，雨打湿归乡的路，打湿回乡的情，打湿潮湿的记忆，打湿清明荒芜的坟头，打落满脸思念的泪花，散落在岁月那条潺潺流动的小河里。虽然，母亲离我而去了，不管怎么呼喊，也唤不回母亲，但母亲的音容笑貌，在我的记忆中仍那么的清晰。

母亲去世两年了，我去到母亲的坟前，仿佛不相信这是真的，一个勤劳、善良和蔼可亲的母亲，转眼间就离我而去，在这竹林掩映，四周树林成荫

的山坡上，眼前这座新坟里躺着我的母亲。才两年时间，那坟上并未长出草，似乎还留有母亲的余暖。此时，雨淅淅沥沥的，浸湿了我的眼眶，一滴滴雨水，汇集成了一条思念的河，我的眼前又浮现了关于母亲的一幕幕难忘的往事。那些画面，挥洒不去。

母亲不是大家闺秀，只是一个普普通通的农村妇女。听母亲说，在她很小的时候她的父亲就去世，懂事的她从小就跟着母亲干家务活，生活的重担早早地压在她身上，这也练就出她勤劳善良的品格。本来瘦弱的她，割草放牛样样都干，却从不叫一声苦。

自从我出生后，母亲用她那双勤劳的双手支撑着这个家。因为父亲是村里的赤脚医生，整天都在村里的医疗站忙碌，就是晚上也睡在医疗站。所以，那时候，母亲白天都是把我交给爷爷奶奶照看。晚上，母亲还要做晚饭，煮猪食，一直要忙到深夜。早上，母亲是起得最早的，在天还没亮，她已经去自家地里忙了好一阵了，然后再去生产队干活。

然而，这么一位乐观、坚强的母亲，怎么会离我而去呢？我实在无法理解，勤劳惯了的母亲，连过年过节都舍不得休息一天母亲，怎么突然就放下手中的活儿，永久地歇息了呢？

母亲用她那忙碌的身影，为我们编织了一个幸福温馨的家！

2

我站立在母亲的坟前，轻风从我耳旁掠过，我感觉到一丝寒意，母亲坟前的小树在摇曳，像是在呜咽，更像是在低泣，树叶上一滴滴晶莹的雨滴，像是在诉说一个个遥远哀婉的故事，让我声泪俱下。我不相信，这荒凉的枯山，荆棘杂草，怎能掩没母亲坚强的身影？我仿佛又回到了童年，沉浸在母亲为我编织的美好梦中。我似乎又回到了母亲身边，那茅舍、小巷、小溪、古树边，依然活跃着母亲的身影；那田头、路边、墙角、晒谷，依然响起母亲的笑声……

遥想儿时那熟悉的小村庄，熟悉的小院落，我放学回家，兴冲冲推开虚掩的院门，高声喊着："娘，我放学了。"母亲总是以微笑声回应，只要听见了母亲的声音，我心里就踏实了，因为有母亲的家才温暖。

我在县城工作后，也时常回乡下老家看望母亲。到了家门口，我家那扇犹如古董般的老木门敞开着，院子里刚刚打扫过，我喊了一声："妈!"母亲停下了正往灶堂里送柴禾的手，转过身来，慢慢起身。我走了过去，母亲的眼泪便流了下来，她说："儿子，你回来了，妈好高兴的……"母亲的话一出口，我的眼泪也出来了，我说："妈，我不是前不久才回来看你了嘛!""对，前不久才回来了的，我感觉你好久没回来似的。"

我想去帮母亲做饭，可母亲说什么也不让我帮忙。母亲说："灶房里黑，你好不容易回趟家，好好休息吧!"母亲做好饭后，我跟母亲一起吃，母亲的饭菜让我吃得很香很香。

次日，我回县城时，母亲装了半麻袋红苕，跟我说："城里的红苕不便宜，而且我这红苕是没有打过农药的，吃了对身体有好处。"我原本是不想要的，但看到母亲似乎有些生气了，于是我马上接过母亲手中的红苕，说："好的，我要，那我就带走了哟!"母亲看着我提着红苕，高兴得乐开了花。

当我坐上了回城的汽车后，我透过车窗，看到母亲一直站在远处朝我的方向张望，顿时我的眼睛就湿润了。我这带走的不仅仅红苕，而是母亲对儿子的付出，对儿子无私的爱。

正所谓，有母亲在，家才像个家；回家有娘叫，才有一种幸福感。

山上青草路漫漫，丘上荒冢草萋萋，我仿佛看见母亲那熟悉的影，在薄雾烟雨里，在那年久失修的老屋中，忙碌着给我们做饭。老屋很老了，历经风雨、尽显沧桑，可因为有母亲的身影，显得热闹温馨。记得儿时，母亲怕我去村外大坝里玩水，一旦看不见我就会在村头呼唤我的乳名，而我那时候尽是淘气顽皮，总是装着听不见，常常在母亲的声声呼唤里撒腿而跑，与小伙伴们三五成群，一溜烟就钻到那边桃林里了，那欢快的嬉笑和打闹声在清风里回荡着……

"清明时节雨纷纷，路上行人欲断魂。"润湿的泥土沾满田野的芬芳，也沾满那些既心酸又开心的陈年往事。总是一并笑着哭着，哭着笑着。感念她给予我们生命，给予我们爱。我久久伫立在母亲的坟前，母亲生前的点点滴滴，仍历历在目。

清明的雨是那么的伤感，那么的悱恻，模糊了我的视线，加深了我的思念……

母亲的一生 / 韩峰

五十二年养育恩，让儿终身报不够

> 母亲，您走的那天晚上，星光闪烁的天空却骤然飘起了一阵雪花，我想，那莫非是来迎接您的天使？

转眼，母亲已走了三年多。三年多来，母亲的音容笑貌时常浮现在我的眼前，时常出现在我的梦中。

母亲十四五岁嫁给父亲，便像牛马一样拉起了生活的大车。家里给富户人家"大种地"，母亲每天披着星星跟爷爷下地，戴着月亮回到家中，早饭午饭都是在地头吃送的饭。十四五岁正是如今初中生的花季，而母亲却面朝黄土背朝天，日复一日，年复一年，不仅用她瘦弱的身体承受着繁重的体力劳动，而且还忍受着脾气暴躁的爷爷的打骂！劳累挨打一天，母亲却还不能早早歇息，还得攞上一篮子衣裳到村西的大水坑，用奶奶传下的棒槌槌打着苦涩和泪水。不洗衣裳的夜晚，母亲也不会歇着。为给家里挣些零花钱，她和奶奶在煤油灯下为人家做针线活、纺线、织布，直至更深夜静，甚至鸡叫三遍。

家乡解放后，村里办起识字班扫盲，思想僵化的爷爷却不让母亲去，母亲只有趁爷爷睡觉或找其他借口偷偷去听上几次。村干部多次做爷爷的工作，可他就是顽固不化。后来，村里又推荐母亲去县上参加妇女干部培训班，爷爷更是再三反对。结果，母亲终未去成。两位去参加培训的妇女归来时，胸佩大红花，骑着高头大马，十分荣光。爷爷却不屑一顾。当村党支部想发展母亲入党时，爷爷又是再三反对。村委会主任从早晨到家一直跟爷爷说到天黑，爷爷愣是不同意，愣是把母亲锁定在家庭的小圈子里，为他那永远干不完的农活当牛作马。

　　母亲30岁才有了我，有了我之后，母亲才有了喘息的机会。这时，父亲已从冀南老家来到豫北小城工作，村干部和好心的邻居劝母亲去找父亲，爷爷却百般阻拦。不知村干部和好心的邻居跟爷爷费了多少口舌，爷爷才勉强同意。母亲终于像获释的囚徒，抱着我飞出了那个令人窒息的"铁笼"。

　　在那个物质匮乏的年代，食堂里的红薯叶稀饭、棉花叶窝头，饿得人们有气无力，直不起腰来，地里的野菜和树皮也被人们摘回家去吃。父亲虽说在粮食部门工作，但他的工资还得照顾老家的爷爷奶奶，照顾生病的母亲，所以，生活也不比别人好多少。为了多种点庄稼，母亲拉着我，背着妹妹，扛上镢头，步行七八里地，来到朝歌城西的荒石乱岗开小片荒。不知母亲抡了多少天镢头，也不知母亲从远处提了多少桶水，母亲硬是在那片坚硬的荒石乱岗上开垦出了一片浓郁的绿色，一片生命的绿色！

　　我和妹妹上小学后，母亲开始到粮库打临时工——补麻袋。粮库离家有五里地，母亲一大早就去上班，中午还要回来给我们做饭，晚上天黑才回来。不论刮风下雨，盛夏严冬，母亲每天都要步行往返20里。仓库的空气非常不好，破麻袋的纤维灰尘四处弥漫飞扬，我发现，母亲的鼻涕和痰里都是土。后来母亲患上支气管炎、哮喘，我想与她当年补麻袋有关。母亲一直补了十几年麻袋，直到她有了孙子，才很不情愿地丢下了那份活儿。这期间，母亲还先后两次捉了两只小猪娃，精心地饲养，心想着让全家过年时能结结实实地吃上一顿肉，可两只小猪娃都是长到四五十斤时便患猪瘟死去了。母亲心疼不已，气得直掉眼泪。这不仅是对她付出的精心劳动是个打击，也是对她内心向往的美好生活是个打击啊！她并没气馁，她又利用补麻袋的间隙，为棉站钩手套。她三天两头地扛一包袱手套回来，钩好手指尖那部分后，再扛到棉站让人家验收。我常常睡醒一觉后，还见母亲在微弱的灯光下钩着艰辛，钩着希冀。补一条麻袋钩一副手套，都是分分厘厘的收入，可就是母亲这分分厘厘的收入，购买了当时的"三大件"之一——缝纫机，使全家人的生活有了起色。

母亲对我管教很严。记得儿时一次回老家，我学会了老家人一句口头语脏话，早上起床时，母亲正帮我穿衣服，我随便学说了一句，不料母亲突然照我嘴上扇了一巴掌，教训我再不能说一句脏话。那是我至今难忘的母亲给我的唯一的一巴掌。上小学时，我可能不听母亲的话，也可能犯了啥错，母亲把屋门一上（大人打小孩一般都有邻居去拦，母亲这是打消我得到救助的幻想，更增添我的害恐惧感），把捅煤火用的火捅（一米多长的有尖的铁棍）往煤火里一插，先是打屁股，问我改不改？今后还敢不敢？我虽哭却执拗不说。气急暴躁的母亲一把拔出烧得半截通红的火捅逼向我，再次问我改不改？今后还敢不敢？看着热气灼灼的红火捅，我吓得哇哇大哭，连说改改改，不敢了不敢了。这时母亲才软下手来，将红火捅插到旁边的稀煤里，顿时吱啦啦冒起一股白烟。这时，母亲也哭了，鼻涕一把泪一把地边抹边数落着我。有时，母亲还将红火捅换成红烙铁，同样使我胆战心惊，连说改改改，不敢了不敢了。

母亲对我的管教虽说凶狠，但给予我们更多的是善良仁慈。我一两岁时，父亲得了当时难以治愈的肺结核病，大口吐血，生命垂危。母亲夜以继日地守护在病床前，端水喂药，寸步不离。听医生说，病人得吃得好点儿，补充营养。母亲便用她没白没夜做针线活挣来的钱，给父亲买来白面、鸡蛋、鸡，而她却吃糠咽菜，以致身体浮肿。父亲在母亲几十年的悉心照料下，不仅被母亲从死亡线上拽了回来，而且身体一天比一天好，至今安然无恙，创造了那个年代的医疗奇迹。

爷爷对母亲那样的打骂，母亲却从不记恨。她当妇女队长时，夜里村干部吃加班饭，母亲却不舍得吃，而是端回家，叫醒爷爷让他吃。有一次生产队死了一匹马，村干部在煮肉时每人拿一块骨头啃，母亲却又拿着跑回家给了爷爷。别人都说母亲，他那样打你，你还这样对他。母亲却说，不管咋，他还是个老人嘞。爷爷80多岁时，父母将他接到了豫北小城。母亲一天三顿都给他做好吃的，并亲手端给他。有时有病，母亲还一勺一勺地喂他。有时屙尿在床，母亲便擦屎刮尿，毫无怨言。爷爷常感动得热泪盈眶。我想，这热泪里也包含着对母亲的忏悔吧。

对我和妹妹也同样，母亲把最好吃的除给爷爷和父亲外，就给了我们。她总把自己置之度外。几十年来，母亲烟熏火燎为我们做一日三餐，可她却没有吃过一次头碗饭，都是打发全家老小吃饱后，她才端起饭碗。如剩的饭不多，她就清汤寡水地凑合一顿。母亲有句名言，自己吃了填坑嘞，人家吃了传名嘞。家里只要改善生活，母亲都要给邻居们送上一碗，哪怕自己不吃。老家的抿截、拽面、三角这些特色饭，邻居们从没有见过，更没有吃过。母亲除给邻居们送上一碗品尝外，还逐家现场演示其做法，将自己的厨艺传给邻居。

母亲从贫穷中走来，却从不贪财。她在老家当妇女干部时，曾负责看护农会收缴的地主家的金银珠宝，别人让她拿上两件戒指、手镯，她却执意不拿。在那饥肠辘辘的年代，母亲在粮店门口拾到5斤全国粮票。当时这5斤全国粮票意味着可以买到十分难得的大米、白面、香油，更意味着能救人一命！母亲领着瘦弱的我，硬是等上了号啕大哭痛不欲生的失主。

　　母亲，您的一生，是辛勤操劳的一生；是对这个家庭及亲朋乡邻奉献的一生。您没有干过轰轰烈烈的大事，却拥有令人难忘的刻骨铭心的无数小事；您没有腰缠万贯的财产，却拥有一颗金子般的心灵；您没有显赫一时的头衔，却拥有数亿中国劳动妇女最普通而又最伟大的称呼——母亲！您是平凡的，平凡的就像田野里的一株小草，一朵小花，顽强而又充满爱心地为我们增添着生活的色彩，为我们带来春天的温暖。而这看似的平凡，谁能说不蕴涵着崇高和伟大？

　　母亲，您走的那天晚上，星光闪烁的天空却骤然飘起了一阵雪花，我想，那莫非是来迎接您的天使？母亲，您一路走好吧！

　　"晴天霹雳痛失母，榇前泪飞气梗喉。五十二年养育恩，让儿终身报不够！"母亲，儿子读给您的这一首小诗，您听到了吗？

思念化作一碗榆钱粥 / 朱旭

院子里的老榆树下，难忘母亲做的那碗榆钱粥

> 再也看不到日夜为我们操劳的母亲了，
> 再也喝不到母亲为我们亲手做的榆钱粥了，
> 我暗自神伤。

　　"春雨杏花满清明，追思犹怨水烟轻。"清明节这天，细雨蒙蒙，轻烟曼妙，田野里的一片杏树林正盛开着白色的花朵，在这缅怀的节日里，更平添了几分肃穆。我跪在母亲的坟前，泪水夹杂着雨水，交织在脸上。母亲坟墓的旁边，矗立着一棵高大的榆树，柔软的根根枝条上，缀满了翡翠般的榆钱儿，一簇簇，一串串，青翠欲滴。这棵榆树是母亲的一个伴儿，几分苍凉中多出了几分生机。

　　这时我思绪万千，穿越到自己的童年。那是一个物质匮乏的年代，饿肚子的现象时有发生。春暖花开，万木峥嵘，我家院子里的那棵老榆树也不甘落后，整个树冠都挂满了一嘟噜一嘟噜的榆钱，在微风的吹拂下，像风铃般飒飒作响。我们这帮孩子，用手指敲打着干瘪的小肚皮，仰起头，瞅着树上充满诱惑的榆钱，口水直往肚子里咽。母亲早已看透了我们的心思，

于是说："你们这些馋猫，想吃榆钱了，我上树给你们捋去。"

母亲找来梯子，倚靠在树干上。母亲把一条绳索的一端缚在篮子的提梁上，束在腰间，顺着梯子就爬上了树。母亲折下几股带有榆钱的树枝，抛在地上。我们欢呼雀跃，蜂拥而上，争着抢着。母亲在树上喊道："不要争，人人都有份。"我们摘下榆钱，便肆无忌惮地往嘴里唵。榆钱吃起来甜甜的，黏黏的，味道鲜美极了！母亲用开满茧花的粗手大把大把地捋着榆钱，放进篮子里。当榆钱装满了篮子，母亲就提着绳索，把篮子慢慢地放下来，我们都争先恐后地去接篮子。

母亲把采下的榆钱淘洗干净，捧到竹筛里滤水。她烧开一锅清洌的山泉水，倒进榆钱，上面撒上一层黄灿灿的豆面子，加上一点盐，盖上锅盖，再烧开，闷上一阵子，榆钱粥就做好了。

一盆热气腾腾的榆钱粥被端上桌，氤氲的水蒸气在袅袅上升，整个屋子都弥漫着香气，引得我们垂涎欲滴。母亲把榆钱粥盛到碗里，我就迫不及待地喝了一口，烫得嘴巴左扭右歪的。母亲嗔怪道："等凉凉再喝，没有人跟你抢。"我用筷子放在碗里快速地搅着，终于不太烫了。我端起碗，大口大口地喝着，真是甜丝丝的，香喷喷的，味道无与伦比！这粥既能当饭，又能当菜，我"出出溜溜"一连喝了三大碗，把小肚皮撑得溜圆，真让我大快朵颐、酣畅淋漓！

从我记事起，就看到母亲体弱多病，经常熬中药汤喝。由于父亲长年在外务工，母亲虽然瘦小，但是包揽了家务和农活，并把我们兄妹四个抚养成人。不到六十岁，疾病就夺去了母亲的生命。该享清福的时候，母亲就匆忙走了，这成了我一生的痛。

"东家妞，西家娃，采回了榆钱过家家，一串串，一把把，童年时我也采过它。那时采回了榆钱，不是贪图那玩耍，妈妈要做饭，让我去采它，榆钱饭榆钱饭，尝一口永远不忘它。啦……"《采榆钱》歌中那优美的旋律，在我脑海里回旋。再也看不到日夜为我们操劳的母亲了，再也喝不到母亲为我们亲手做的榆钱粥了，我暗自神伤，泪水又不争气地流了下来。母亲做的那碗榆钱粥的香味至今仍在我舌尖上打转，浸润着我对母亲的无限思念。

为了母亲的纪念 / 周康平

我对妈妈说，今天不走了，过完年再走

> 母亲最后那句看似很平淡的话语，如同
> 刀尖剜心，令我肝肠寸断。

每年大年初三，我就要离开老家，母亲这些年好像也习以为常了。

此时，天蒙蒙亮。我让母亲站在门边的坝子上，就不要走了。母亲拗不过我的固执，一脸失落，只好向我做了妥协，说保证不送我。即便是这样，在这沉寂的清晨，与母亲离别，我仍然是一步三回头的张望：一是为了心中对母亲那份难以割舍的眷恋，二是想看看母亲是不是在挪动脚步。直到转过门前的那道小弯，我还模糊地看到母亲站在原地，保持着半举手的姿势。这姿势让我顿时放松了许多。为了不让母亲看到我，转过一道弯后，我才停住脚步，放下沉重的背包，仰望雾蒙蒙的天空，做起深呼吸，以平复别离的情绪。

赶车的时间将到，真该走了。我不得不迈动沉重的脚步。

走着走着，一种惴惴不安的心情突然笼罩在我心头。我禁不住回头一望，一个模糊的身影出现在我身后。那朦胧的影子在暗淡的路灯之下竟然是那么熟悉——是母亲。

母亲就跟在我身后，离我还有一段距离。这令我惊愕万分！她那步履蹒跚的脚步是怎么跟在我身后的？是什么样的动力在支撑她那一反常态的步伐？我来不及多想，转身匆忙朝母亲跑去。

多变的天空，这时已飘起淅淅细雨，打在脸上，特别冰冷。

将母亲扶在路灯边上，着急问，"我的妈哟，你怎么来了呢？"已是气喘吁吁的母亲，体力明显有些不支，她靠在我肩膀上，歇了会气，略为自责地说："平啊，我这人硬是记忆差哦，忘了将这个还你。"母亲接着用好强的声音说："平，你拿回去，我不要，我有。"我一下明白了母亲说的是啥了。母亲从她荷包里摸出一沓钞票塞到我手上："你自己拿去用，妈有钱。"母亲塞到我手上的这些钱，是我前天晚上悄悄给她的过年钱。半小时前在母亲房间与她告别时，她就"还"过我一次，被我生气地拒绝了，现在又为这事追上来干吗呢？

母亲虽有退休费，但手头也不是那么宽裕，看病需要钱。这孝敬母亲的钱，我怎么还能拿回来！母亲见我有些急，她也生气了，用颤颤的声音说道："平啊，喊你拿着，你就拿着嘛。平时你又不回来，过年回来三四天又走了。我岁数都这么大了，身体又这么差，你明年回来，我们还能不能说上话，都是不晓得的事了，我还要这些钱做啥嘛。"母亲最后那句看似很平淡的话语，如同刀尖剜心，令我肝肠寸断。我感到鼻子一酸，眼角一下涌出了酸楚的泪。我猛然明白了母亲追赶过来还我钱的真实用意。我狠狠地在心头抽了自己几个大耳光，用恶毒的语言咒骂自己真是一个不孝之子。

幸好我未铸成大错，幸好我有心灵感应，否则不能追赶上我的母亲，在这寒风凛冽的清晨会有多么伤心失望。在不为人知的角落，她将是怎样的独自泪流。

瞬间，一个雷打不动的决定立刻在我心中形成。我清楚我将付出什么样的代价。

　　我解下我的围巾，抖开，披在母亲的头上，搀扶着母亲的胳膊说："妈，我们回屋去。"母亲迟疑地望着我说："你今天不走了啊？"我一脸的微笑，语气充满了坚定地回答道："妈，我今天不走了，过完年再走。"母亲疑惑地问："你要回去上班嘛，不回去怎么行呢？"我扶着母亲边走边说："这事好办，等会儿回到屋子，我打电话请个假就行了。"母亲一脸笑意："能请假就好。"但我哪能请到什么假。母亲只晓得我在外面上班，哪晓得我所处的是什么样的工作环境，那里有极其严格的管理制度。但是为了满足老母亲的一个朴实不过的愿望，做儿子的有什么不可付出呢？

　　路灯下的马路，已湿漉漉一片。那不是雨水，是雪花掉在地上融化后的冰水。降温来得太快，春寒料峭的天气，我无法把控；温暖母亲的心房，我有什么不可做到？一脸欢喜的母亲，拄着拐棍，笃笃的响声在寂静的天空下，显得特别清脆响亮。这时天色渐亮，虽寒气逼人，我的心却在雾气缭绕中拨云见日。

　　幸好我当时做了那样的决定。之后，再也没有了与母亲一起过年的福分。现在我所能做的，只能在清明节那天，为在天堂歇息的母亲点上一炷清香，在心头一隅独自潸然泪下，为其默默祈祷。

母爱永驻我心中 / 许培良

我三步一回头地告别了母亲，踏上了南行的车

> 至此我方才懂得，母亲一生的操劳，原
> 来就是盼望后代能有所出息。

在我儿时的记忆中，母亲似乎都是忙碌的。无论严寒酷暑，还是风霜雨雪中，她总有忙不完的生产劳动，总有做不完的家务活儿。她几乎从每天早晨忙到晚上，没有歇息。但她的心中却总是惦记着我的学业。在母亲心中，知识是改变命运的重要途径。

我开始上村小学后，母亲对我格外关注。放学回家后，母亲叮嘱我，要先做完作业再去玩。为此，她常在我身边陪一会儿。她一边做着针线活儿，一边时不时地看看我，督促我写字要工整，笔画顺序要正确，演算题目时要细心。从小事做起，从点滴做起，要从小养成认真学习的好习惯。那时尚处在求知懵懂状态中的我，感到母亲太能唠叨，我还未能深切地理解母亲的用心。

为了逃避母亲的监督，我常躲到祖母那间房屋里去。在祖母的桌凳上

写作业，可谓是身心太自由了。我一边吃着祖母给我的小零食，一边可以跟祖母聊聊天，因此常导致作业写得三差两错。母亲发现这种现象后，谆谆地教诲我说："孩子，将来要想有一番出息，做任何事情都要专注，马虎不得！"由于时代限制，母亲年少时只上过村里的私塾，但她自幼聪颖好学，凭着一股子韧劲，硬是自学了许多知识，所以对于指导我的学业还是很有助益的。打那以后，我认识到了自己的不足，努力成为一个具有好习惯的人。

少儿时，让我感到惭愧的事还有许多。有一次，我因贪玩没吃晚饭就睡觉了。半夜里，肚子饿得"咕噜咕噜"直叫，我便起身来到厨房里找吃的。母亲听到响声后，赶紧起身来到厨房，她踏上一根高凳子，从吊在梁柱上的竹篓里，掏出一个红薯和一块玉米饼，然后又从饭厨里拿出一小碟咸菜，从暖瓶里倒出一碗热水，端放在锅台上，让我赶快吃下，以解饥饿。我狼吞虎咽地吃了下去，肚子就填饱了。事后，母亲批评我说："吃饭要及时，要不然会伤及身体的，尤其是在年轻的时候。"她还从吃饭的事谈到学习，她说："学习也是这样，要及时做到'温故而知新'，把每一环节的知识打牢靠，到考试时才会胸有成竹。"母亲的话让我受益匪浅，虽然她没有高深的学历。

从这以后，我记住了母亲的教诲，养成了好的生活习惯，做任何事情也都不再拖拉，"今日事今日毕"，否则就会"万事成蹉跎"。我感谢母亲教给我良好的生活与学习品质，让我从小学到中学一直保持了优良的学业成绩。

1985 年秋的一天，我接到高考录取通知书。那天，母亲蹲在百年老屋的门口，激动得哭了。我赶紧来到母亲身旁，劝她说："娘，您哭啥？我这不是考上大学了吗？"母亲点了点头说道："是啊，娘这是高兴得哭呢！"哦，至此我方才懂得，母亲一生的操劳，原来就是盼望后代能有所出息。

就这样，我成为那个年代村子里稀有的大学生。开学那天，母亲为我准备了几个大大小小的行李包。临行前，我站在老屋的小院里，母亲指着屋檐下的燕巢说："孩子，你就像老屋屋檐下的小燕子，到了该出巢的时候了，你就勇敢地去飞吧！"我三步一回头地告别了母亲，踏上了南行的车。

报完到后，我来到校园的宿舍，打开一个个行李包时，发现母亲是何等的用心：行李包里有几个熟鸡蛋、水果和点心，她担心初到学校的我会吃不习惯。其实，我是一个在农村长大的孩子，能适应不同的生活环境，何况学校对我们的待遇远比乡下生活要好得多呢！

到了周末时，我给家中写了一封信，简要介绍了学校住宿安排、生活条件、军训情况和优良的师资等，让父母亲放心，我会珍惜大好时光发奋学习的，将来努力当一名优秀的人民教师。家中回信很是高兴并赞成我的想法，也给予我以莫大的鼓励。

很快几年的大学生活结束了，我怀揣着满腹的憧憬，走上了乡村学校教书育人的大舞台。后来，我由一位教书匠转化为学者型教师，并公费出版了自己的学术专著，早早地晋升为中学副高级教师，圆了自己也圆了母亲的一个梦。

"谁言寸草心，报得三春晖。"母亲到了老年患病后，我们极尽孝心，让母亲度过了幸福的晚年。迄今母亲离开我们已有三年之久，我却时时想起她，她那深沉的爱将永驻我心中。

多想再给妈妈一个吻 / 朱旭

妈妈的吻，甜蜜的吻，让我思念到如今

> 母亲如果您还健在该多好啊！我还能再
> 给您一个深深的吻哟！

"妈妈的吻，甜蜜的吻，让我思念到如今……"优美的旋律在我耳畔回荡，让我心潮澎湃，思绪飞扬……

在我很小的时候，总爱哭闹，母亲就会把我搂在怀里，一边用手掌不断轻拍着我的屁股，一边细声慢气地说："孩子，乖，别哭了，娘香香你。"说着，她就把嘴唇凑上我的面颊，啧啧有声地左亲右吻。说来也怪，我很快就停止了哭泣，甜甜地进入了梦乡。

母亲的身体一直欠佳，经常吃药打针，但几乎全部的家务活和相当多的农活都是由她做的。天空刚露出鱼肚白，她就起床了，下地干上一阵子活儿，再匆匆回家做饭。春播，夏管，秋收，冬藏，她事事都要躬亲。母亲生活十分简朴，穿的衣服往往是补丁盖着补丁。在孝敬老人和乐善好施方面，母亲堪称村里的楷模，为我们树立了榜样。

母亲经常向我们传授做人的道理。她告诉我们：靠自己勤劳的双手得来的果实是最香甜的，你们做事绝不能投机取巧，占别人便宜；老老实实地做人，踏踏实实地做事，这是人之本分，你们一定要牢记在心。母亲虽目不识丁，不善言辞，却用实际行动教育着我们，感染着我们。她对我们要求十分严格，从不让我们沾上半点恶习。我们与别人起了冲突，即使我们占理，也决不袒护我们。她常对我们说，吃点小亏不要紧，和别人搞好关系是大事，不要因小失大。

接到大学录取通知书，我却高兴不起来。爷爷刚刚病故，家中已债台高筑。我心里直打鼓，上学需要一大笔费用，大人能同意吗？母亲仿佛看透了我的心思，坚强有力地告诉我："孩子，不用担心，家里就是砸锅卖铁也要供你上学。"接过母亲东挪西借的学费，我顺利地踏进了大学的门槛。

在大学期间，我周末做起了家教，假期里打起了短工，尽可能地减轻家里的负担。参加工作后，我把工资的大部分交给母亲补贴家用。我也经常抽出时间回家看看，帮家里做些力所能及的事情。

屋漏偏逢连夜雨。母亲的身体状况越来越差，我就动员她到医院查查，她怕花钱而不愿去。经过多次做工作，她才勉强答应。我带她去了县医院，查出了心脏病。我又带她去了市医院，大夫说必须立即做手术。

做手术需要一大笔钱，对我们来说简直就是天文数字，母亲更不干了。我斩钉截铁地说："娘，您就放宽心，我会想尽一切办法筹到钱的。"母亲说："如果借这么多钱怎么还，这不是给你们添罪吗？"我接着说："车到山前必有路。孩儿的身体都是娘给的，您就别说什么了。"我开始为母亲的手术费四处奔波，到处求亲朋好友，真是费尽了太多太多的周折。再加上家人的筹集，终于凑够了母亲的手术费。

要进手术室了，躺在担架上的母亲对我说："孩子，俺好怕。"我俯下身子，把嘴贴到她的额头，深情地吻了吻，鼓励她说："您是世界上最勇敢的母亲，阎王爷都怕您，一切都会好起来的，我在门外等着您的好消息。"母亲深情地望着我，使劲点了点头，晶莹的泪珠从眼角里滚落下来。我怕控制不住自己的情绪，连忙背过身去。

在医院里，我成了一只连轴转的陀螺，忙个不停。缴款抓药，打水买饭，接屎端尿，擦身洗脚……实在困极了，就趴在病床沿上打个盹儿。为了母亲，我甘愿付出一切。

树欲静而风不止，子欲养而亲不待。母亲不到六十岁就让病魔夺去了生命，这成了我一生的痛。母亲，如果您还健在该多好啊！咱家的债务早已还清，我还住上了宽敞明亮的楼房，这样您就可含饴弄孙、颐养天年了，我还能再给您一个深深的吻哟！

写给母亲 / 孟宪丛

母亲操劳的身影，绘成了田野上最美的黄昏

> 您为全家风尘仆仆操劳的身影虽然消失在遥远的岁月里，但永远定格在我绵长的记忆里。

在我小的时候，您用清瘦的身子把太阳酿成一盒脂粉，平和的脸庞展露在秋月的夜空，我便把彩虹编成一顶顶草帽，开始着童年的采撷。

清晨，我还是晓梦初醒，您挂满晶莹的脸庞已经被灶膛火焰映红，围着锅头的辛劳伴着缓缓冲向云际的炊烟，堂里屋外转出操持着全家生活的质朴与厚重。薄暮，您用爱的光辉染白了绿野田畴，低头拾穗的执着神情，被汗水湿透贴在背上的蓝布衫，是希望田野上最美的黄昏。深夜，豆花般的油灯下，您把纳鞋底的麻绳揪扯的很长很长，晃动的影子犹如一场"皮影戏"演出。您为全家风尘仆仆操劳的身影虽然消失在遥远的岁月里，但永远定格在我绵长的记忆里。

您从不向命运低头，默默地承受着生活的熬煎。大哥从小是聋哑人，尽管他的双耳与整个世界无牵无挂，却让您品尝了无声的痛苦与不幸；实行联产承包责任制时，刚分到手的耕牛死了，您就和父亲一起拉耧种地，延续着春种秋收的希望；那年，望着病榻上生病的我，您眼里分明闪着难以掩饰的晶莹。几十年的辛劳操持，不知让您在绝望中承受了多少苦楚？

当我用窄窄的双肩，担起您沉甸甸的期望，走出山村到外面去闯荡，秋风中您僵在空中的手，永久地定格在我记忆的荧屏。多少次，一碗碗香喷喷的拌炒面，让我边咂吧嘴边从梦中笑醒；多少次，一袋袋精心挑选的山药蛋，让我单调的生活充满了绵甜。在我生命的航程里，倾注了多少您的爱和情？穿过潇潇雨幕，我敞开胸膛，默默地承受着一切温情的流放。一颗漂泊的心梦里梦外载着您深切的目光，您温馨博大的母爱让我如何横渡幸福的海洋？

尽管后来的日子颗粒饱满，但每每想起补丁般的岁月，您就心有余悸。那些起早贪黑的日子里，您照样深入季节腹地，叩问阳光雨露，叩问袅袅娜娜的炊烟，田垄上用锄头期盼收成的是您；菜畦间用浇灌聆听果实的是您；锅台边用麦秸燃旺日子的是您。您用奶水营养着嫩绿的心愿，用汗水浸润着希冀，也用叮咛浇灌着儿女们的长势。

渐渐地，岁月壮阔的年轮录进了您许多感怀的往事，我正值青春年华，而您却已鬓发霜染憔悴了额头，任凭我多少虔诚的忏悔，也遮不住您日渐增多的白发，昔日身上的灵光水气已被岁月吞噬成沧桑的面孔。每到飘雪的季节，是您最难熬的季节，也是我最揪心的季节，严重的哮喘让您彻夜难眠，咳嗽不止，每每想起您大把大把吃药和上气不接下气呼吸的场景，我就忍不住噙一眶泪水……我需积攒多少力量才能跨过您额上的道道沟壑？我需跋涉多少星辰才能走尽思念您的漫漫征程？

那一年春节刚过，您走了，走得悄无声息。我扼腕遗憾，没能兑现带您去市里逛逛的承诺。今年清明节，我站在您的坟前默然无语，任凭思念的泪水在风中肆意。循着您善良的源头回首，蓦然间，依然感受到您从村口飘来的望眼欲穿的期盼，您的谆谆教诲已为我窄薄的身躯织出护身的锦衣，我的归期曾经涨满了您眼里浑浊的潮汐！恍惚间，您就在我的身边，正用慈爱的目光把我凝视。我静静地沉浸在无边无垠的母爱之海中，也仿佛看见您欣慰的笑意……

　　母亲！您忙碌一生，辛劳一生，在我未尽的生命里，永远充满对您的思念和深情！

热腾腾的粽子 金灿灿的爱 / 孟宪丛

端午飘香，我又想起粽子里那颗晶莹的慈母心

> 我放慢了吃粽子的速度，粽子里那颗晶莹的慈母心，便热热地刻在了我灵魂的深处……

清晨，蒙蒙小雨，如细丝般密密地斜织着，我背手漫步在河畔的小道上。在这清爽寂静的空间里，雨丝轻轻缠绕着脸颊，手里这束刚刚采集的艾草，也淋得湿漉漉的。

我是喜欢端午节下雨的。尽管岁月的年轮爬上额头，但在缠绵细雨中，曾经记忆中最温暖的图景，就会在脑海里越来越清晰，远方似乎飘来了母亲的粽香。

每到农历五月初，小城便溢满了甘甜的粽子香味，如清凉油一般直钻鼻孔，让我痴醉，心里也随之扯起了丝丝对母亲的念想，并一天天浓烈了起来。

小时候，生活不富裕，家里是不包粽子的。直到我到外地上学那年，

母亲破天荒地包了粽子。

母亲说，我在外面念书不易，没有带过馒头、烙饼之类的好干粮，学校也吃不好，包粽子为我改善改善伙食。我倒觉得，母亲为我包粽子不单是改善伙食，应该还有"爱子心无尽，归家喜及辰"般母爱的流露，以及对我好好读书成才的激励。

端午节前，母亲买好一捆粽叶，准备好捆扎粽子的马莲。这马莲是母亲上年秋天拔的，专门找了水分充足的低洼湿地，这里的马莲长得细长高挑，母亲不用镰刀割，而用手把马莲一根根生生拔起，这样的马莲长度有近2尺，捆起粽子来会更自如一些。

母亲的粽子是用黄米做的，因为没有糯米。提前把黄米、粽叶、马莲放入冷水中浸泡。端午前的一天，母亲拿出灶间烧火的小板凳，挽起裤脚坐在上面，开始小心翼翼地包粽子。先将粽叶折成漏斗状，装入半截黄米，捏入一颗红枣，然后再装满黄米，折盖粽叶，用马莲扎好，粽叶翻转，得意的神态像吃了蜜一般。尽管母亲之前没有包过粽子，但经过邻居的指点，粽子包得还算麻利，成功率极高。

端午节一到，母亲就打早起来，在大锅里焖粽子。把竹篦子放到锅里，轻轻地把粽子一层层放好，再在上面均匀地铺一层粽叶，然后压上两块红砖，便生火煮起来。她一边拉着风箱，一边哼着二人台小调，灶膛的火映照在母亲汗津津的额头，幸福的微笑舍不得落下，久久地挂在脸上。不一会儿，锅里的蒸气便缭绕而上，粽子的清香也溢满了整个屋子。

我记得，那年的端午节是一个细雨蒙蒙的天气。等我从学校赶回来的时候，母亲已经冒雨在村口等了好长一段时间，尽管身上披了一块塑料布，但小雨仍淋湿了她的发髻，缝了补丁的蓝布衫紧裹着身子。看到我，母亲紧走几步，一把扯下我身上的书包，捋了捋我的头发，攥紧我的手向家里走去。母亲有哮喘毛病，一路上带着呼噜的喘气声，艰难却尽可能快步地走着，脚下滑一下，她的身子就会颤一下。

回到家里，母亲给我换了干衣服，自己用毛巾擦了擦脸上、头发上的雨水，省去了往次回家时对我的各种关切询问，笑盈盈地直接为我端上了粽子。粽子由于放了糖精，加上那颗难得一见的红枣，芦苇叶子的芳香，伴随着黄米的软糯，便有了平时难得一尝的甜美味道。我一边吃，一边伸出舌头沿着嘴唇四周舔一圈残留的黏甜。

母亲微微弓腰，斜跨在炕沿边上，看着我大口吃粽子的神情，嘴角微微翘起，眼睛满是怜爱地眯眯微笑着，嘴里一个劲地念叨着：不着忙，慢点吃，给你留了不少呢。

望着日渐消瘦的母亲，我放慢了吃粽子的速度，粽子里那颗晶莹的慈母心，便热热地刻在了我灵魂的深处……

自从父母去世后，好多年端午节没有回老家了。天空小雨仍旧在飘着，我的心似铅坠，思念和回忆交替着，随雨丝串连在一起。想想现在的端午节，尽管吃的是糯米粽子，配料除了红枣，还有板栗、葡萄干等等，却再也吃不出像母亲包的那些黄米粽子段香甜的滋味。

剥开层层粽叶，剥出叠叠思念，想起一个个热腾腾的粽子，就涌起了金灿灿的母爱。

端午节里的母爱 / 许培良

凡事不要太心急，许多事静下心来，慢慢地去做才会成功

> 母亲因病离开我们已三余年了，可我总会不时地想起她。尤其是端午节到来之时，我会愈加思念她。

我忘不了儿时的端午节，虽然那时物质生活很贫穷。1976 年夏，我已上了村小学三年级，按照学校惯例，端午节放了一天假。那时，在我们乡村过节是很简单的，也就是象征性地表示一下而已。像端午节吃粽子、街门上插艾叶等。

在我的记忆中，母亲是一位乐观勤劳的人，她总是想方设法地让家庭生活充满快乐与温馨。端午节前几天，她便从附近的集市上买来糯米、粽叶、花生仁和大枣等，这是包粽子必备的原料。

原料买回家后，母亲就开始了有计划地忙碌。先将糯米放到簸箕里清理干净，如剔除其中的沙粒和被小虫噬咬碎的米粒，然后倒入瓷盆中，用温水浸泡一段时间。

端午节前一天晚上，母亲就开始包粽子了。她找来面板，将各种原料放置在上面，有序地开始工作了。她先是将粽叶舒展开来，围折成圆锥形状，将膨胀了的糯米装进去，当然数量要适度，再将花生仁或大枣掺和到里面，用粽叶封闭好。为了稳固和预防米粒漏出，粽叶外面还要纵横交错地扎上几道丝线，这样一个粽子就算做好了。

昏暗的煤油灯盏下，母亲精心地做了一个又一个，直到用完全部原料为止。那时，我是母亲的小帮手，将包好的粽子一个个地码放到盖垫上，就等着次日晨，母亲将其下锅后用大火猛蒸，期许能早点吃上香喷喷甜滋滋的粽子。

端午节到来，在母亲的经营下，家中氤氲着一种温馨的氛围。我早早地起了床，坐在厨房间的马扎上，观看着母亲怎样往锅灶里添柴，怎样划火柴，怎样拉风箱，说实话，那时，我真有点急不可耐。母亲却耐着性子，"咕哒咕哒"不停地拉着风箱。她说："凡事不要太心急，世上有许多事情需要静下心来，慢慢地去做才会成功。"过了一会儿，厨房间就开始飘逸着一种袅袅的清香。

大约过了半小时，粽子渐渐地熟透了。这时，母亲便停下烧火，关闭好锅灶的封门。她从厨房间找来一张木制饭桌，摆放到厨房中央，上面再摆放上几个小碟子。然后，揭开香气四溢的锅盖，用木铲子将膨胀了的粽子一个个地取出来，均匀地放到每个小碟子里。这时，全家人已围坐在饭桌前，津津有味地品尝着又香又甜的粽子，可谓是幸福至极！

母亲还是一个见闻广博、富有家国情怀的人。我们吃粽子时，她便讲一些关于端午节的传说，尤其让我难以忘怀的是，她讲过伟大爱国诗人屈原的诸多感人故事，教诲我们要好好读书学习，长大后做一个尽忠于国家和有益于人民的人。

如今，母亲因病离开我们已三余年了，可我总会不时地想起她。尤其是端午节到来之时，我会愈加思念她。儿时那充满深沉母爱的端午节，犹历历在目。

青蓝